# 秋實吟懷

靜照

## 秋實詩社五週年紀念詩集

作者◎蘇溫光・甄寶玉・洪增得・賴南海
林志賢・鄭景升・劉坤治

# 目次

# 秋實吟懷序

大約從一九九八年開始，網際網路逐漸興起發表與討論古典詩詞的風氣，幾年之間風起雲湧，網路詩人聯盟結社的潮流蓬勃發展，逐漸在傳統的「民間詩社」和「學院詩社」之外，另外開拓出「網路詩壇」這麼一塊嶄新的場域，隱然與「民間詩社」和「學院詩社」分庭抗禮。

然而，網際網路的各種詩詞社團群組繁多，網路詩友對於古典詩詞的學養卻往往良莠不齊，其中不乏自我標榜或互相吹捧的浮誇風氣。林志賢、鄭景升兩位詞長有鑒於此，希望組成一個誠實論詩、彼此砥礪的詩詞社團，所以在二〇一七年邀集蘇溫光先生、甄寶玉女史、洪增得先生、賴南海先生、劉坤治先生這些理念契合的詩友，共同組織了「秋實詩社」，社員定期課題吟詠，相互切磋勉勵，五年以來聯珠唱玉，積稿成篇，於是有了編印詩集的構想，七位社友於是各自選錄作品，聯合纂輯為《秋實吟懷》。

《秋實吟懷》初稿輯成以後，社長志賢兄與主編景升兄囑付維仁撰寫序文，維仁自愧識淺才薄，實非題序的恰當人選，但是畢竟和志賢兄、景升兄有二十年的詩友情誼，二兄殷勤相囑，維仁卻也不便推辭，只好撰寫讀詩心得充當序文，向諸位讀者及秋實七友報告自己的閱讀感想：

蘇溫光先生在秋實詩社之中年齒最長，不惟人生歷練豐富，更兼廣博閱覽各類書籍，他的作品之中往往流露人生智慧，如「無事遣懷書最好，有心暢意酒尤香。」〈冬暖樂事〉、「養生未必珍饈味，小菜三盤粥半鍋。」〈食粥〉、「況有園蔬堪佐酒，迷花醉月夕陽紅。」〈臨老〉、「憂心豈為愁秋雨？病酒常因戀春光。」〈鷓鴣天　晨行讀山〉，大抵平易近人，卻又耐人尋味。而〈我家鳳凰木〉與〈代樹抗言回嗆〉兩首七絕，分飾主人與庭樹兩個角色「互嗆」，趣味之餘，自有生活哲理融入其間。

甄寶玉女史以生活詩人自勉，作品清新自然，多寫日常所見所感，又因兼長書畫音樂，詩詞之中悠然流露藝術氣質。

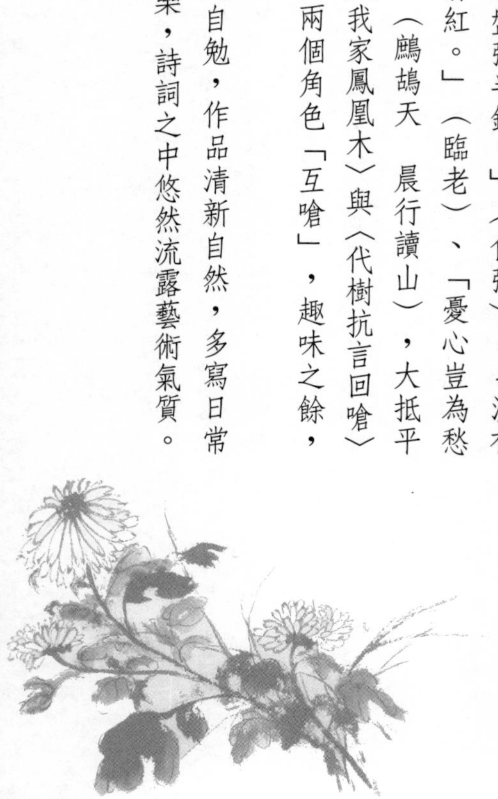

「有道有緣曾造訪，無來無去幾研探。」（謁土城承天禪寺）、「書卷筠篁影，琴音菡萏風。」（邀飲）、「經歷沉浮成熟後，圓融溫暖最宜人。」（湯丸）、「偶然風雨愁眉鎖，終是軒窗笑語陪。」（老伴）各有精神，讀來如見其人。而〈訪故里〉七絕為榮獲日本漢詩海外獎勵賞之作，誠如其自述的詩風「感情豐沛，心境清靜」。

靜竹洪增得先生退休之後在網路上習詩，作品淡雅而不多雕飾，隱然有處士的風格，佳句如「十里春風楊柳岸，擣衣聲裏夕陽斜。」（憶南門河）、「總是招人託圓夢，鈎愁多在一彎弓。」（望月）、「右絀左支猶俗手，意奇句雅羨詩家。」（敬和一善社長〈筆花〉詩）、「一泓涵碧心如水，千里浮雲鬢已霜。」（丁酉秋日雜感）各有清趣。〈海誓〉詩七絕一首尤能翻案出奇，令人會心一笑。

賴南海先生以筆名「浮生過客」在網路上聲譽卓著，評詩與作詩都有獨到的功力，人稱「浮生老師」。浮生老師的詩作設想奇特，如「碧空租給閒雲種，賺把晴光好讀書。」（晴讀）、「騰風欲探九重霄，眼測仙都半尺遙。」（鞦韆）、「飛梁一展凌空臂，邀得幽人訪洞天。」（吊橋）、「等閒舟楫寸心豪，昂挺片帆三尺高。」（詩海舟泛）往往別出心裁，而《浮生雜詠》集中另刊〈紫玉簫〉兩闋，分寫牛郎與織女，也自有其特色。

林志賢先生自云「一囊情味身將老，半世風塵韻始寬」，這「一囊情味」恰好是《風塵集》的一大特色。個人尤其鍾愛志賢兄的七言律詩，如「茶心已著浮塵子，籬畔新啼紡織娘」（田居足年雜思）、「迷眼繁華添蟻夢，欺身風雨認鵬程。」（憶少年台北）、「似喜還愁辭歲日，淡煙疏雨落花天。」（庚子除夕）、「消磨書墨三更雨，躑躅江湖十里煙。」（近歲書懷）對仗工穩而兼具新意與情味，其中〈辛丑歲末兼寄醉雨〉，既能自抒懷抱，又能兼敘詩友情誼，彌足動人。

醉雨鄭景升先生〈六十回首〉云：「偏憐猶本色，不悔是初衷。」這既是生命的回首，也可以視為創作的寫照。醉雨兄的詩詞作品契合個人本色，詞采古雅而情致醇厚，情感

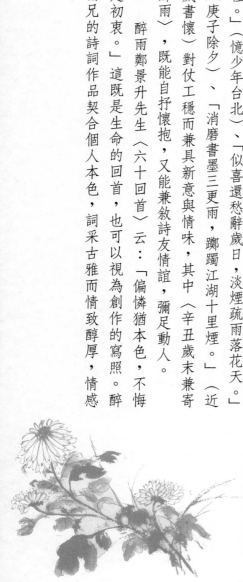

自然流露於字裡行間，諸如「不容天地無顏色，看我亭亭暮靄中。」（秋晚薔薇）、「當時不許亂雲遮，一片柔香剪碎霞。」（台北街頭見杜鵑花盛開）、「裁開煙色山猶瘦，寫就冰魂骨未真。」（辛丑立春）、「剩殘紅一片，癡心幾許，向人莫説曾感傷。」（紅林檎近　辛丑仲夏削蘋果時有作），皆能引人入勝。而七律〈紅豆車輪餅〉寓情於物，款款動人，尤為傳誦一時的傑作。

靜默劉坤治先生熱愛書法，齋號自署霜毫樓，《霜毫樓吟稿》作品或詠心志，或抒情懷，大抵情真意摯，斐然成章。佳句如「塵事看渠翻覆手，詩情笑我短長吟。」（浣溪沙　天心鑑）、「雪色凝霜灑玉塵，熬波出素吐芳津。」（詠鹽）、「曾經劍上龍蛇怒，無復胸中騏驥驕。」（撫劍鳴）、「有限生涯歸眼底，無邊詩思寄毫端。」（春思偶成）皆清新可誦。而七律〈晨起習書〉一首，適足以自寫醉心詩書的懷抱。

上述秋實七友之中，寶玉姐、景升兄、志賢兄、坤治兄是維仁長期以來在「網路古典詩詞雅集」和「天籟吟社」的好友，而蘇溫光先生、洪增得先生、賴南海先生也是維仁向來敬重的詩人。秋實結社五年以來，彼此砥礪，互相琢磨，社友作品日有進境，《秋實吟懷》結集出版，應該能為古典詩詞的讀者和作者帶來耳目一新的喜悅。

尤有值得一提的是，臺灣古典詩社課題或擊缽的體裁多為七絕、七律和五律，而一般詩集所收錄的作品也大多是這些慣用的詩體。《秋實吟懷》除了上述體裁之外，也收錄了不少五絕、古體詩、古典詞和散曲，甚至是每位作者都選錄了為數不少的詞作，這樣「各體兼備」的狀況，是臺灣各詩社相當罕見的，足以證驗秋實七友切磋琢磨的功效。

《秋實吟懷》付梓之前，維仁有幸先睹為快，滿懷欣喜之餘，樂於撰寫這一篇閱讀心得，謹向讀者報告自己的看法，也恭喜這本詩集正式出版。

壬寅仲夏天籟吟社社長 楊維仁 敬撰於抱樸樓

# 序

中華古典詩詞，數千年傳統文學，古代文人舉子必學之科目也。惟民國後以迄近年，竟漸式微。當今學校，除非專學之科系，不備此學久矣。社會上公私場合，或有吟詠借用者，亦不過添采助雅而已。所謂詩壇，除少數歷史頗久夙著盛譽之詩社有定期活動外，餘則僅供某些同好文人雅士，於茶餘飯後，吟風弄月之小圈圈。

自網絡盛行之後，詩壇上平添了許多交流平台，眾多詩友上網發表、欣賞、評析、回應、甚至激辯，氣氛熱絡。十餘年前，我初學網路，甫識詩詞，遂涉足一探，始驚喜古詩詞界，依然百花齊放，一片榮景，而高手如雲，佳作似錦，漪歟盛哉。詩友除台灣外，更遍及港、星、馬、美、加等地，且不少作品素質頗高，直追前賢，乃深慶詩道不孤，傳承有人。我遂以學習心態，加入討論，藉機請教，因此結識林志賢、浮生過客等幾位同好，進而更相互引介鄭景升、洪增得、甄寶玉、劉坤治加上本人等幾位理念較相近之詩友，成立「秋實詩社」。大家公推林志賢（一善）為社長，賴南海（浮生過客）為指導老師，每月由社員輪流出題，各人在line群組發表作品後再由其他社員提出意見、評論或任何指教。為求進步，社長囑大家都以說實話取代客套話，正所謂「互相漏氣求進步」也。待各作品定稿後再於臉書聯名發表，分享各界詩友。

古典章節，固無礙超邁時代之見地；現代文字，亦不妨古典情懷之寄託。我們因為好古，醉心於古詩詞之美，所以探足於詩詞天地，冀望這種韻律優雅、字辭跌宕的唯美古典文學，不因時代之狂潮而淹沒失傳。

春耕以樂，秋實有成，興感所至，捉筆成詩。今已歷有年所，集腋成裘，略有小成，遂合篇成集，付印成冊，期供日後自我檢討琢磨，並分享就教諸同好詩友。

我忝為齒長，實為學末，受命寫序，不免愧怍矣。

蘇溫光　謹識

## 秋實詩社由來及出版緣起

臺灣近幾十年，因為網絡與手機普及，便於詩人之間相互酬唱交流與學習。從傳統的詩社，如：「天籟吟社」、「臺灣瀛社」，發展到網路論壇，如：「網路古典詩詞雅集」、「文學E甸園」；又發展到臉書社團，如：「詩路」、「新詩路」、「網路古典詩詞雅集臉書社團」等。而「秋實詩社」，則又起源於line的一個群組。

嚴格來說，「秋實詩社」的成立，應屬無心插柳的意外。某日，與醉雨兄（鄭景升）聊起臉書詩社，許多作品既不合格律，也時見冬荷夏梅，湊字成詩，而留言仍見許多人客套式喝采、稱頌。

我一時興起，便約醉雨兄成立「說實話群組」，互相評點，共同討論，且言明不能客套敷衍。後又陸續邀入了蘇大哥（蘇溫光）、寶玉姊（甄寶玉）、靜竹兄（洪增得）、浮生過客老師（賴南海）、靜默兄（劉坤治）等人。

群組成立之時為二〇一七年八月，再於二〇一七年九月二十六日由浮生老師提議命名「秋實」，大家表決通過，正式命名為「秋實詩社」。而學識最低的我，卻經由投票，被打鴨子上架，忝掛「社長」名銜。

依據浮生老師與靜竹兄所言，「秋實」不止有「秋收」的意思，還寓有成熟、修身、勵行等含義。

身為秋實一員，我很自豪；身為社長，卻又汗顏。「秋實詩社」雖然只是個不對外公開的小團體，但彼此相識相知後纔發現，除了我，每個人都有很豐富的學識與才華。

例如：蘇大哥、靜竹兄都是飽讀之士、作文高手；浮生老師評詩精準，修辭功力獨到；寶玉姊乃音樂世家，且詩書畫三者俱佳；靜默兄的書法功力，已臻一定的藝術水準。而我，只是個不學無術，不惑之年纔翻閱第一本書的野夫。

自詩社成立開始，我們每個月輪流出題寫作，然後互相評點，共同討論。我認為：「評詩」或「被評」，一如「教」與「學」，均可使人長進。揆諸事實，也的確產生了很好的

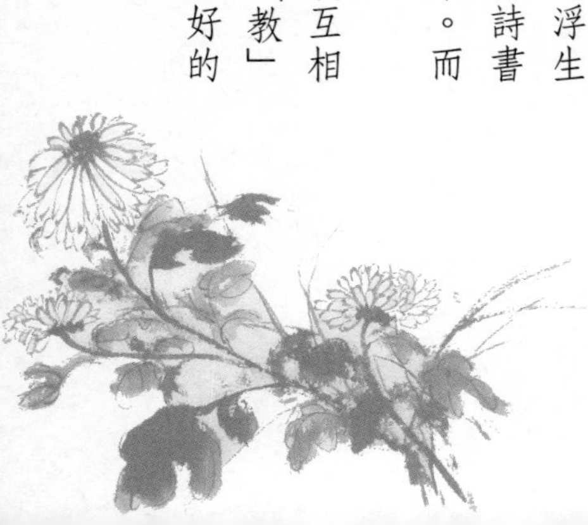

學習效果。

在互相觀摩，彼此砥礪的氛圍中，不出一年，每個人的詩作，既有了明顯的蛻變，同時卻又依舊保留了各自的風格。特別值得一提的則是：近二年，醉雨兄的詩作，彷佛金丹換骨，佳作連連，屢屢掄元領獎直如囊中取物，令人歎為觀止，更與有榮焉。

這是一段美好的歲月，一段珍貴的經驗，也是一段難得的情誼。所以在「秋實」四周年時，我提出了五周年出版紀念詩集的構想。

最初只是打算自行影印成冊，經過討論後，決定由出版社編印，以顯正式而莊重，所以有了這一冊《秋實吟懷：秋實詩社五周年紀念詩集》。

壬寅初夏 林志賢 記於龍潭

# 怡然居詩集

無事遣懷書最好，有心暢意酒尤香。

蘇温光

## 怡然居白描（二〇〇三）

怡然居世外，瀟灑種桃源。
竹影書窗映，蛙聲夜伴眠。

## 武陵春　怡然記趣（二〇〇九）

常嘆蹉跎添白髮，壯志已闌珊。
不士不農不習禪，空負好青山。
濁酒粗蔬能饗客，舉座盡忻歡。
綠草如茵花燦然，看星盤、夜微寒。

## 記宜蘭永鎮海濱夜遊　古體（二〇〇七）

月隱星藏夜疏蕭，風掃孤亭雨斜飄。
驚濤拍岸聲澎湃，漁火點點影幽遙。
我欲騎浪逐鯨去，恨無舟帆展風豪。
人老山野懶回首，只因湖海多暗礁。
師友知音且歡聚，朗吟詩歌向晚潮。

## 秋風吟　古體

亂葉頻飛起西風，滿山蕭索次第紅。
寒水搖木砭人骨，千樹落花入衰叢。
吟秋風，戀秋風，太匆匆！
穿堂入室催髮白，夏去春遠已近冬。
禦寒抵凍何物好？新開一甕香最濃。

## 北京遊見（二〇〇六）

千年古鎮帝王宮，親歷方知有異同。
滿地人車聲鼎沸，全天塵霧眼迷濛。
長城險道皇城殿，南海蒼煙北海風。
瑰麗山河非我土，歸來依舊墾園翁。

## 學詩有感

如煙歲月付東流，白髮學詩堪解愁。
往昔升堂無絳帳，而今練筆有良儔。
春苗滴汗原無意，秋實盈筐應可收。
他日雲山歸去路，吟哦十里一回眸。

## 八十回首（二〇二二）

生小破舟行急流，中年踏浪險端求。
黍粱差足家中飽，書劍無成老後羞。
風雨不驚心自定，利名已淡我何憂。
紅塵八十渾如夢，瑰麗夕陽垂晚秋。

## 八十自嘲（二〇二二）

少日奔雷遏彩虹，長弓射虎夢魂中。
心灰漸若流離客，髮白渾成落拓翁。
一騎江湖刀已折，滿樓煙雨霧交融。
而今耄耋應何似？半作書痴半酒蟲。

## 送春

春雨纏綿春步匆，繁英甫盛又殘紅。
花開花謝元無物，樓起樓坍本是空。
黃鶴夢遊何處覓，白雲幻變幾時窮。
一樽還送東君去，愁在桑榆日暮中。

## 又道秋心（二〇二〇）

也曾四海鼓帆遊，一別江湖幾度秋。
日擁雲山無意緒，夕吟風月有輕愁。
壯心未遂當年愧，肥腹今成老後羞。
修道莫如書與酒，新荷伴讀小園樓。

## 冬暖樂事（二〇一七）

任他風急撼寒窗，我自高眠臥暖房。
無事遣懷書最好，有心暢意酒尤香。
閒登秀嶺燒殘葉，喜聚詩亭煮熱湯。
覷破興衰識天地，不禪不道賞斜陽。

## 歲末

天寒歲暮柯枝瘦，檢點生涯每怨嗟。
酒與日濃常對影，名心已淡厭虛華。
冷看官局人爭利，細灌書園自種花。
不佛不禪唯忘世，夕陽斜照野人家。

## 棄婦怨——代人訴

獨影孤燈月已斜，鴛鴦春夢別人家。
怨君不顧如流水，嘆妾無依似落花。
也寄秋風千萬語，難催舊圃兩三芽。
年年猶釀交歡酒，夜夜還斟無味茶。

## 秋懷

白露滋金桂，寒天菊傲霜。
巷幽宜避世，園靜好乘涼。
展卷江山闊，斟杯歲月長。
秋風催落葉，拄杖對斜陽。

## 初冬即事

蘭陽煙水重，綿雨濕條柯。
日晏晨鷄靜，山寒紅葉多。
巷深無吵雜，戶閉有吟哦。
溫酒三杯飲，醺然少折波。

## 蟄居防疫（二〇二一）

辭歸幽野地，落日白雲孤。
入戶無塵客，叩門唯酒徒。
邇來人跡絕，遠處鬼聲呼。
聞道瘟神虐，蟄居為善途。

## 嘆老

老衰無一是，兒少樂純真。
願折十年壽，換他三月春。

## 丁酉歲暮感懷時政

浪駭舟帆破，雲翻棹舵殘。
哀哀試天問，誰可挽狂瀾？

## 春到我鄉（二〇一九）

淡霧擁青峰，花妝次第濃。
春酣人易醉，漫步自從容。

## 食粥　其一

玉粒晶瑩透，玲瓏雪白姿。
人生快意事，粥熱汗淋漓。

## 食粥　其二

人老愛當逃席客，苦他魚滿肉何多。
養生未必珍饈味，小菜三盤粥半鍋。

## 老、中、幼三代一脈（二〇一五）

老株漸朽中株壯，更喜新苗力向陽。
身腐成泥終有日，願留沃土釋餘香。

## 春雨

時雨時晴花競秀，乍寒乍暖鳥爭呼。
苔滋草潤春泥軟，對鏡傾杯人不孤。

## 春寒

三月煙花帶露寒，嚴霜沁骨夜難安。
熬詩煮酒誰堪伴？窗外淒淒新月殘。

## 春鳥

枝頭百囀報君知，白髮尋春應及時。
樓外山明花粲麗，鶯呼燕喚語如絲。

## 秋（二〇一七）

金風吹拂短衣寒，山氣開懷天地寬。
最愛林泉一軒月，清輝當照展書歡。

## 中秋賞月寄興（二〇〇七）

風雨連朝初破陰，今宵明月最殷勤。
人間照盡悲歡事，猶眷孤樓寂寞人。

## 望月

桑榆猶樂晚霞紅，四海難平天意中。
殘月窺窗人不寐，愁絲遠掛未歸鴻。

## 登高

厭聽鑼鼓震城囂，拄杖登亭縱目遙。
淡蕩秋風掃塵氣，也無跳丑也無妖。

## 秋望

蟬鳴月掛老梧桐，淡淡清香翦翦風。
莫戀花繁春去遠，入冬冰薄路迷濛。

## 近冬寓懷

風淒雨重露初寒，白髮稀疏黃葉殘。
草木回春猶可望，人愁老後更蹣跚。

## 蘭雨（二〇一六）

蘭陽濕冷夕連朝，菊瘦楓衰梅未嬌。
莫待天晴花已盡，吟詩佐酒雨瀟瀟。

## 觀海　其一

萬里翻騰千古浪，百年勞碌有窮身。
何當日暮觀漁火，點點家中盼歸人。

## 觀海　其二

漫舞驚濤捲浪花，絢奇生滅似年華。
收帆泊岸緣心悟，歸種南山醉野家。

## 日（二〇一七）

古今春夏平分照，夕沒朝昇四海同。
莫道天高無一漏，人間暗處有霜風。

## 月

雖無彩筆有丹心，每對清輝自在吟。
圓缺非關悲喜事，詩人偏愛說晴陰。

## 星

攜手秋園夜未央，滿天星斗桂花香。
老來牛女應無怨，常憶當年情話長。

## 燈（二〇一七）

一盞清光四壁明，無貧無富有書聲。
多情最是難眠夜，伴我敲詩到五更。

## 酒

纖手添杯小酌香，會逢豪客放懷狂。
一生斷送渾無事，不負瓊漿紅白黃。

## 鬼月

地府大開兄弟多，飄飄忽忽院前過。
何當入我三杯飲？鬼話尤勝人唱歌。

## 屋前盆蓮（二〇一五）

亭亭玉立綻年華，怯怯含羞淨不瑕。
試問紅娘如有意，芳心一點寄誰家。

## 鳶尾花

粉頰青衣白玉身，潔容婷立不沾塵。
瘟雲瘴霧飛來到，報與人間趕上春。

## 落花

幾番節信逐霜風，墜蕊繽紛似雪濛。
對花日作尋常醉，惆悵明朝掃落紅。

## 我家鳳凰木

昂身展翼自蘢蔥，六月花燃火耀空。
長恨一株心血注，年年偏羨別家紅。

註：我家一株種了十多年的鳳凰木，雖然樹高葉茂，披覆廣大，給我擋風遮蔭，卻從不開花。歷年來，雖然換施不同肥料，用力可謂不少，仍然一無花訊。眼看人家同樣樹種，花時燦爛，紅耀似火，不免又炉又恨。寫詩一首，貼在樹幹，刺激它一下，或許會自我改進，從此努力開花。

## 代樹抗言回嗆（二〇一八）

身擋驕陽力抵風，殷勤報謝主人翁。
莫嗟葉盛花無箇，緣是君家酒氣沖。

## 同學會

韶華老去原無奈，聚舊由來最盡歡。
壯志已隨東逝水，餘暉還映海天寬。

## 「宜中一生一世同學會」會後感言（二〇一六）

寒陰難壓笑聲隆，滿座童心不老翁。
但使秋山惜顏色，人間最美夕陽紅。

## 讀禪詩有感（二〇一七）

死生事大佛難傳，素缺慧根尤枉然。
棒喝破頭仍不悟，還歸甕底覓修禪。

## 同學會悼先行同學（二〇一八）

### 其一

又藉秋光聚我儕，強含清淚勉開懷。
一番雨雪飛花絮，幾陣風霜落古槐。

### 其二

老來宜續少年杯，秋氣香濃秋菊開。
依舊夕陽無限好，傷他失雁不歸來。

## 自況（二〇一四）

淡出繁華避市都，鄉居自在好研書。
語無文氣難成友，飲不空杯是俗夫。

## 慢活（二〇一五）

怡然居裡度年華，淡飯粗蔬野老家。
半卷唐詩一壺酒，數篇漢史幾杯茶。

## 臨老（二〇一九）

一生瀟灑耐窮通，坦對老來名利空。
況有園蔬堪佐酒，迷花醉月夕陽紅。

## 我家春況（二〇一五）

方飲三杯美酒，又聞數唱鶯聲。
栽就庭花燦爛，寫來詩筆多情。

## 遣懷　其一

適意只需一卷，微醺可要連杯。
鋤樹常乘雨後，吟詩最愛客來。

## 遣懷　其二

平生只欠詩債，晚年不理世情。
誰子居心好壞，老夫醉眼清明。

## 漁家傲　春日（二〇一四）

幾度纏綿春不早，綠添紅減青梅小，吹落庭花風自掃。
煙飄渺，青絲成雪徒煩惱。
欲挽春光無計巧，展書雙眼嗟花老，百嚼詩詞終不飽。
如何好？一聲長嘆杯乾了。

## 浣溪沙　春園小憩

靜寂小園閒適身，百花璀燦鳥啼春。閒書老樹最消魂。
任我樽中多美酒，管他城內滿囂塵。衰翁不復拍案人。

## 少年遊

小樓獨坐度殘春，初月照孤人。
厭世歸子，江湖倦客，常憶少年身。
學書學劍都無是，壯志幾成真？
華顏老去，鐵肩瘦損，惟有杜康親。

## 海棠春　夏

鳳凰木掩驕陽道。暑逼虐、靜無啼鳥。
冰酒透心涼，盡去胸頭燥。
惜花苦盼甘霖到。卻還怕、風狂雨暴。
愁對破災園，總念寒秋好。

**鷓鴣天　秋遊太平山記**（二〇〇七）

客到秋深冷意濃，興來尋勝探高峰。
車盤斜道迴天際，人繞雲間似矯龍。
煙繚繞，霧迷濛，參天古木葉殘紅。
重巒疊翠身何在？潑墨山河古畫中。

**鷓鴣天　晨行讀山**（二〇〇八）

愛踏山頭看旭陽，喜聽鳴鳥賽花腔。
晨星映草含輕露，曉氣吹人帶果香。
吟晉宋，詠元唐，閒批今古嘆興亡。
憂心豈為愁秋雨？病酒常因戀春光。

註：末句第六字之「春」字失律，不改，存瑕。

## 踏莎行　近冬即事

菊燦籬前，桂香院右。參差風雨重陽後。
殘蟬幾許鳥聲稀，霜寒陣陣衣衾透。
數卷詩書，幾杯濁酒。高歌嘯聚些些友。
吟花詠月訴閒愁，醉中老了逍遙叟。

# 《詩人小記》

蘇溫光，三十二年次，出生於宜蘭，幼因家貧失學，初中畢即輟學打工。成年後因某種因緣，涉足國際貿易，自修英文，與國際客户週旋。也為爭取訂單，行蹤遍及歐美非許多國家，得識各國風土人情，眼界為之一寬。但因資金不大，慘澹經營，小做小賺，堪足養家而已。

六十歲時因貿易環境丕變，所作項目，已不合台灣生產，又因年老，不願往來遠涉中國大陸採購，遂見好即收，決心退休養老，而結束台北公司，回宜蘭於員山鄉購得一約附有二百多坪花園之小農舍。經過一番整頓，尚稱清靜幽雅，遂名『怡然居』，頗享田園之樂。

我生平唯二嗜好乃看書與喝酒；看書乃自幼養成，幾乎手不釋卷，最喜歡讀詩詞、歷史、古文等古書，似懂非懂，囫圇吞棗，久之竟自成迷。另一嗜好則是喝酒，有事應酬，無事自酌，雖非上癮，已成習慣。

退休後生活漸趨單純，清閒無事，坐臥隨心，常與本地社區大學同學交往、吟詠、背頌、討論一些古詩詞，漸漸也隨興學作，附庸風雅起來。只是初時不識格律韻腳，遑論黏對，直如兒童揑泥，徒具其形而已。後在網絡詩壇中，認識多位詩人，真是高手如雲。其中一位賴南海老師，筆名「浮生過客」，作品最為凝煉高妙，渾厚和雅，極為拜服，便冒昧請教。豈料其人異常熱心，傾囊相授，幾個月內在網絡熱烈往來，有次更遠道來宜蘭面授，兩人間網路來往答問，列印後幾成為厚厚一冊。遂誠心拜服為師（歉無束脩），然私下往來仍以兄弟互稱（我兄他弟，相差十餘歲），嬉笑喜謔，一無忌諱。

在眾多網路詩友中又認識另一位高手林志賢兄，並互相引介鄭景升、劉坤治、甄寶玉，及宜蘭同儕洪增得諸先進等，參加討論，終於水到渠成，在某個時間點，「秋實詩社」應運而生；「往昔升堂無絳帳，而今練筆有良儔」。

社友中我年齒最長，學詩資歷卻最淺，大家尊我為老大哥，憐我年老，處處禮讓，有錯處也不大忍心挑剔，因此雖小有進步，然自感詩作境界，始終敬陪末座，甚為汗顏。尤其邇來自覺老化極快，詩興停滯，靈泉枯竭，索遍枯腸，仍鮮有佳作。奈何！奈何！

# 溫清閣詩稿

夕陽霞彩　寄我情懷

甄寶玉

## 詠「牡丹荷花」

亭亭涵碧說紅荷，燦似牡丹花瓣多。
出水清高兼富貴，人生幾得兩相和。

## 野薑花

天生皎潔秀玲瓏，綠葉為裳映碧空。
百豔叢中誰作伴，清溪水畔獨迎風。

## 楓

春有蘭花夏有荷，小樓風雅幾婆娑。
今看點點添紅艷，楓為清秋送綺羅。

## 木芙蓉花

### 其一　一日三變色

群芳搖落獨迎霜，嬝嬝花開綠水旁。
一日紅顏三醉酒，遊人久立看端詳。

### 其二　青春一瞬

翠湖堤畔掠寒風，潔白嬌姿綺錦紅。
盡吐芳心如欲語，朝來爛漫晚來空。

### 其三　不露殘敗

歲寒花燦見天真，皎潔纖肌比玉人。
日暮含羞藏粉蕚，悠然墜地遠浮塵。

## 尋桐花不遇

去年探雪卻嫌遲，今對含苞自笑痴。
晚到早來皆不得，尋幽五月只餘詩。

## 惜桐花

喜見青山五月英，綿綿擁雪逐風輕。
遊人不忍將花踏，憐惜幽姿繞步行。

## 油桐花

五月桐花別有情，翠微溪畔燦晶瑩。
因風飄絮繽紛落，又得霜天一地明。

## 訪樹林淨律寺

欲尋蘭若出塵寰，芳桂相迎石磴攀。
知客老僧珍翰墨，名家椽筆顯斑斕。
心儀書畫堪怡性，意慕烟霞共賦閒。
小聚隨緣情未已，依依回望白雲間。

## 謁土城承天禪寺

寶剎承天翠色涵，白牆綠瓦擁晴嵐。
虔心禮佛深深拜，俯首朝山步步參。
有道有緣曾造訪，無來無去幾研探。
每年五月桐花燦，如雪紛飛入此庵。

## 雨遊「摩耶精舍」（日本漢詩文藝祭秀作賞）

芳庭依舊畫樓空，鶴唳猿啼細雨中。
響徹雲山千里外，聲聲猶喚主人翁。

## 大千美食家

搜集人間美盛筵，華堂日日聚群賢。
今看壁掛菜名譜，口角垂涎憶大千。

## 訪「摩耶精舍」

名園卜築傍溪邊，依戀青山分外妍。
娥影池中留皓月，梅丘塚下寄長眠。
揮毫潑墨雄雄勢，倚榭行書赫赫聯。
昔日笙歌風雅事，豪情萬丈客三千。

摩耶精舍：國畫大師張大千故居

## 宜蘭雅集

清和景暖訪蘭陽，唱玉飛毫共舉觴。
最是談詩千里興，怡然花木一庭芳。

## 桐廬雅集

秋訪桐廬石徑躋，奇峰遙望惹人迷。
白雲詩酒紅塵外，滿滿歡情共鳥啼。

奇峰：九九峰

## 訪醉雨小築賞紫藤花

紫藤相約在詩家，路繞寒山近海涯。
竟是一番春雨後，空餘庭角兩三花。

## 訪陽明山美軍舊宿舍社區

好趁天晴一日遊，陽明春暖樂尋幽。
昔為美國軍房舍，今作西餐館市樓。
木屋彩凝情似舊，庭園綠擁潤如油。
鳴禽煙柳童嬉戲，竟是櫻紅醉客眸。

## 春雨參觀士林官邸正館開放感賦

御苑春深歲月遷，如今開放眾爭先。
翠樓依舊幽林隱，朱閣曾經貴客延。
領袖勳章何顯赫，夫人水墨幾清妍。
風雲一代空陳跡，細雨霏霏潤大千。

## 登北京慕田峪萬里長城

夢裡長城遠，登臨感萬千。
巨龍蟠峻嶺，要塞接長天。
今日風光醉，當年血淚連。
清風頻拂面，極目邈山川。

## 遊福建武夷山九曲溪

孟夏尋幽處，澄波可避炎。
武夷山秀麗，九曲水清恬。
逸享溪光滿，神馳嶺色兼。
優游憑竹筏，笑語喜多添。

## 己亥遊馬祖東引島一線天峭壁

參天雙壁互為鄰，一縫驚濤景趣新。
戰地如今時勢改，紛紛攬勝盡遊人。

## 己亥遊馬祖東引燈塔

白塔歐風貌，閩台最北端。
百年山壁上，夜夜照波瀾。

## 遊北海道狐狸村有感

金毛玉面巧靈精，雪地遊嬉遠世情。
孰是葡萄酸醋意，無端賦予狡奸名。

## 憶「荔園」

面海園林廣，悠悠白鷺翱。
珍禽奇卉盛，戲院酒樓高。
色褪隨年月，形消逐浪濤。
兒時遊樂處，憶寫入風騷。

荔園：昔日香港著名遊樂場

## 雨窗話舊

翩然海外故人來，倒履相迎笑眼開。
今日雙雙皆白首，當年歷歷弄青梅。
圍爐把盞歡情溢，細雨寒窗別恨催。
此去雲山天地遠，何時盼得雁重回。

## 不眠（學詩第一首作品）

人到中年五十肩，更深反側有誰憐。
床前明月饒詩意，強起披衣寫錦箋。

## 戊戌歲末感懷

驚恐星霜換，清吟逾十年。
初心原雅淡，老歲更貞堅。
煙柳迷江岸，寒梅傲雪天。
浮生催日暮，奮力寫詩篇。

## 曉起

鳴禽驚好夢，曙色透窗紗。
簾外離巢燕，階前浥露花。
辛勤收嫩菜，仔細種新瓜。
更惜晨光計，詩書樂歲華。

## 溫故知新

先賢留典籍，智慧與心聲。
初讀千林闊，重研一鑑明。
少年迷物態，老歲悟人生。
化舊開新境，胸中澗壑成。

## 秋夜讀書

淡泊平居歲月馳，老來情味在詩詞。
悠然昏目看花字，卻愛殘燈把卷時。
汲古翻新能脫俗，澄懷耽學豈為遲。
清輝照影西風爽，書圃翱翔樂不疲。

## 湯丸

初生玉粒好清新，滑入波濤墮滾塵。
經歷沉浮成熟後，圓融溫暖最宜人。

## 滑手機

小機如芥妙無窮，掌握須彌一手中。
滑點螢屏連網路，搜尋資訊上雲空。
即時按讚溫情送，隨處談來友誼通。
彈指留心防騙局，悠遊困惑各憑聽。

## 詠抹布

輕柔滋潤自卑躬，潔淨窗几動靜中。
塵盡光生明性地，悄然退隱不爭功。

## 邀飲

喬遷欣宴客，邀我小樓東。
書卷筠篁影，琴音菡萏風。
調羹分老少，把酒說窮通。
笑語焉能遏，天倫月色融。

## 老鋼琴

廿載琴音曾繞耳，乍然失落在今朝。
依依凝視空虛處，此後如何慰寂寥。

## 書桌

長長書案幾幽清，翰墨臨窗寫晚晴。
研讀詩書欣有寄，老來靜處最怡情。

## 晚眺

餘暉未盡上高樓，一霎周圍黑幕收。
足下千家燈火燦，眼前萬道影光浮。
溶溶銀瀉中天月，颯颯涼生午夜秋。
大地深沉人漸去，繁華褪下是清幽。

## 秋鴻

天高迎侯鳥，姊妹喜同遊。
花市繽紛鬧，莊嚴孔廟幽。
寫生連潑墨，振管拂銀鉤。
歲歲尋常見，白頭倍覺秋。

## 台灣小吃——「棺材板」（天籟詩獎佳作）

台南小吃意新奇，名目驚心引笑嬉。
外匣黃金酥脆感，內容白玉滑香滋。
初來食客方延頸，已見貪饕快朵頤。
莫管他朝歸四塊，當前美饌孰能辭。

注：廣東稱四塊半乃棺材也

## 修鞋匠（天籟詩獎優等）

星霜滿面老鞋工，小舖藏於陋巷東。
錘打針縫糊口計，除塵掃俗寸心衷。
繁華流逝如春水，歲月安然或彩虹。
默默退休餘告白，蹣跚背影夕陽中。

## 辛丑端陽

癘疫逢佳節，人人自宅耽。
更無舟競渡，寂寞碧波潭。

## 庚子新冠肺炎防疫有感

疫癘滔天舉世驚，封關衛國護蒼生。
縱然暫斷歸家路，道是無情是有情。

## 夜歸

道樹濃陰暗，寒星伴冷風。
心疑魑魅出，急步過街東。

## 訪故里（日本漢詩海外獎勵賞）

迢迢故里久相違，六十年光客未歸。
今日尋根情意怯，重臨門巷黯餘暉。

## 廣東故里牌樓

離鄉六十載，縈夢燕歸遲。
今見新門戶，還存故里碑。
石牆高古樸，香火未遷移。
遊子尋根日，悲欣落淚時。

## 望月

望月懷鄉醉夢中，暮年如願一歸鴻。
終於了却心頭事，千里澄明共晚風。

## 冬雨抒懷

簾外淒風冷雨頻，溟濛路上幾行人。
潛居室暖研詩卷，吟到梅花最有神。

## 敬悼陳文華老師

抱恙弘詩教，春風十二樓。
忽然驚噩耗，仰止感悠悠。

十二樓：三千藝文教育中心

## 敬悼莫月娥老師

詩吟嘹亮遏行雲，天籟真傳自出群。
一曲清平人不見，留聲光碟黯聽聞。

## 七四回首

一瞬盈頭白，因緣自轉蓬。
無為皆盡份，有道是幽衷。
琴瑟溫清閣，生涯素淨風。
詩情今寄託，畫意亦相同。

## 老伴

當年尋夢至蓬萊，阿里山川不染埃。
琴瑟相投同氣息，青春交託此人才。
偶然風雨愁眉鎖，終是軒窗笑語陪。
半世情緣恆愛惜，雙雙白首賞花開。

## 敬悼姻翁戴良哲醫師

嗚呼！
晴天霹靂嘆奈何，
姻翁遽逝哀情多。
原風城一名醫兮，久懸壺不知疲。
顧婦孺繼日夜兮，事梓里盡心思。
憶暮冬同餐聚兮，談玉山氣揚眉。
忽罕病來侵犯兮，經數月而趨危。
白髮親哀相送兮，雁失侶何堪悲。
子成婚未得見兮，嘆結誼難如期。
臨終願捐身軀兮，獻醫療德無私。
高品行自可敬兮，珍遺澤名長垂。
感人生乃無常兮，命飄倏何價之。
乘鶴去同掬淚兮，引以榮其所為。

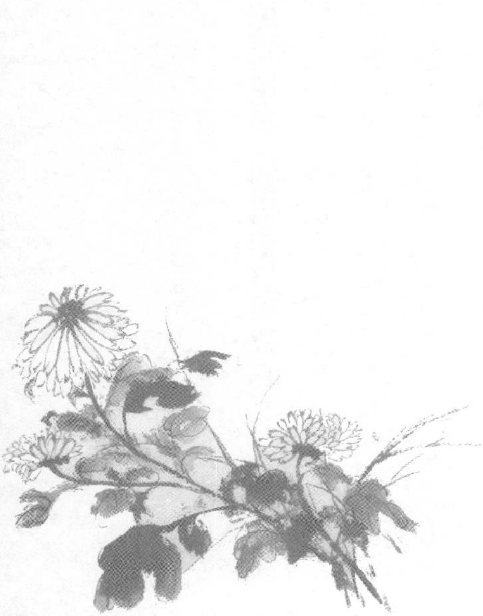

# 琴

昔年購得一古琴，研習七弦操雅音。清微淡遠高格調，初晤如故契我心。
梧桐精斲仲尼式，玲瓏細緻漆黑色。象牙平鑲十三徽，絲弦縈韻按掩抑。
高山流水情所鍾，怡養性靈臥雲松。風晨月夕勤撫弄，友朋雅集興更濃。
豈料平地一聲雷，恩師療疾離瀛台。從此琴音漸疏落，閒置高閣有餘哀。
可憐知音何處求，心牽俗務欠優遊。蹉跎歲月三十載，太息回眸空悠悠。
忽聞召開演奏事，紀念先師扢雅志。摩挲出盒見青天，玉樓春曉聲聲寄。
重來操縵自珍惜，暢意舒懷凝神魄。無欲無爭守此道，不棄不離到鬢白。

注：
1. 仲尼式：琴的一種樣式。
2. 按掩抑：琴的指法。
3. 紀念先師：民國九十年先師逝世十週年紀念音樂會。
4. 玉樓春曉：琴曲名，先師喜愛名曲之一。

## 「鴨鴨」詞

吾曾飼養一北京鴨，名曰「鴨鴨」

伊昔一乳鴨，迷途身零丁。攜回如襁褓，夫婿催放生。
弱小來飼養，認吾為其母。日見速成長，意恐難相守。
一日曲池邊，放生情依依。驅之逐流水，竟然啄衣歸。
又往醉月湖，不與雁群戲。呱呱掙上岸，責吾將之棄。
大安公園裏，默默守池林。良久亦不離，欲棄何狠心。
長頸毛澤黃，翹尾蕭梢態。雙翅飛開張，逗趣引人愛。
相嬉常追逐，伴吾琴與書。轉眼十二載，安然樂同居。
今吾將遠行，懸念鴨已老。語之多飲食，勿教添煩惱。
翌晨竟不食，夜闌閉雙瞳。安祥深睡去，終老懷抱中。
動物有情義，因緣竟如此。善解人意者，吾鴨無乃是。

## 人月圓　戊戌中秋

連宵陰雨淋漓下，寒濕月兒羞。
梧桐冷落，清輝失色，今夜中秋。
非關天氣，團圓歡樂，笑語高樓。
嫦娥應羨，人間溫暖，此復何求。

## 巫山一段雲　登景美仙跡岩

岩石遺仙跡，尋幽趁曉晴。
綠林夾道石階平，婉轉鳥聲清。
俯看台盆地，民房繁似星。
偷閒半日享風情，忘卻世營營。

## 南鄉子　遊北京頤和園

河道碧潺湲，一片江南綠柳煙。
風暖薰芳吹舞榭，清歡。且泛平波任醉眠。
邂逅御花園，山色湖光別有天。
今日行宮收眼底，流連。史跡悠悠歲月遷。

## 浣溪紗　觀光寒溪呢森林人文叡地

野濶林幽四望開，兩儀八卦佈坪台，白櫻爛漫出塵埃。
一自聖峰當面對，萬般靈氣襲人來，高超能量豈疑猜。

## 唐多令　秋日懷人

一葉已知秋，思君幾未休。數十年、海外孤舟。
歲月無情人漸老，盈白髮、水東流。
研讀共紅樓，前緣曾記否?舊禮堂、斜影悠悠。
爭待黌宮重聚首，談別緒，享優遊。

## 憶秦娥　秋月懷友

西風切，梧桐疏影中庭月。
中庭月，晶瑩如水，令人思澈。
當時笑語風生頰，奈何憂鬱成愁結。
成愁結，化除無計，天涯輕別。

## 滿江紅（姜白石詞譜）　國父紀念館翠湖春雨

細雨紛紛，朦朧處、尋幽翠湖。
穿林徑、苔青濕滑，憑杖相扶。
漠漠來時春似夢，霏霏佈澤物如酥。
九曲橋、捲霧又飛煙，疑有無。
香亭靜，遊客疏。
輕風起，水紋浮。
看影搖高閣，幻象迷糊。
戲水雛禽知暖早，櫻花浥露破寒初。
灑銀絲、飄落滿詩情，心意舒。

高閣：101大樓

## 破陣子（辛棄疾詞譜）　東北危情

怎奈風雲對局，何堪南北言兵。
耀武示威飛彈射，嚴陣遙監母艦橫。弩張天下驚。
虎視深謀強老，天驕用狠狂生。
忍見硝煙寰宇戰，霸業由來仁義成。今祈四海平。

## 清平樂　十月寄望

金風藹藹，十月旗如海。
白日光輝爭異彩，美景江山有待。
無奈細雨濛濛，雲遙未見來鴻。
誰曉上天意旨，竟生一道霓虹。

## 減字木蘭花　登嶺觀日

朝暉冉起，秀嶺雲開初散綺。
麗日風清，鳥語花香紫氣迎。
歲華向晚，猶是老來情未懶。
登覽群峰，嘯詠春光逸興濃。

## 菩薩蠻　觀星

悠悠良夜輕寒落，珠圓布散天垂幕。
四野淨無塵，光芒向紫辰。
半簾空見月，星燦銀河闊。
點點幾含情，小樓一枕酲。

## 浣溪紗　望月

夜靜微涼上閣樓，長空萬里晚雲收，上弦新月小銀鈎。
蟾影未圓猶有待，韶光不再幾難留，半生詩思半生愁。

## 鷓鴣天　夜宿清境農場

夜色茫茫峻嶺行，蜿蜒小徑月朧明。
山高氣爽炎消盡，樹影花叢露已凝。
心暢快，意空靈，坐觀河漢笑前庭。
勞勞埋首京華客，可辨牛郎織女星。

## 如夢令　馬祖藍眼淚

聽若風狂濤怒，看若雪花飛舞。
閃若滿天星，盪若精靈無數。
難訴、難訴。道是淚光啼露。

## 《詩人小記》

甄寶玉，字研翡，女，一九四八年生於廣東台山市，自幼移居香江，成長後負笈來台升學，畢業於國立台灣師範大學教育系。

生性淡泊，喜好琴棋書畫、中醫、太極等等，花甲開始學詩，從吟唱，繼而參加詩社，學習作詩、填詞，幸得師友指導，爾爾樂此不疲。兩度參加全日本漢詩大會，榮獲「秀作賞」及「海外獎勵賞」。兩屆參加天籟詩獎，榮獲佳作及優等獎。

這本「秋實吟懷」收集近年詩詞，兼有舊作，依相關內容編排，絕句律詩共五十二首，古詩三首，詞十四闋。

詩是生活，生活要有詩意。顏崑陽老師倡言要做一個生活詩人：關心今時今地，所見所聞所感。老來能讀書、寫詩，何等幸福，尤其年歲愈長，感情豐沛，心境清靜，我願平常心繼續寫下去……

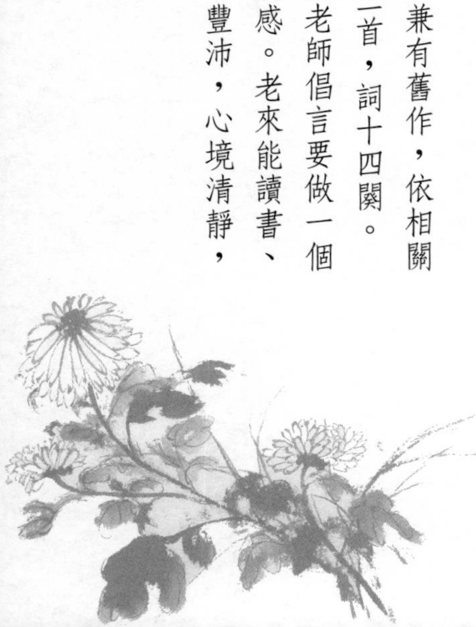

# 靜竹詩選

詩句能堪寄此身，興來最恐筆無神。
但存仁厚抒心曲，不寫虛情只寫真。

洪增得

## 孤鴻（二〇一六）

洪波蕩蕩只流東，增損俱無萬事空。
得救全因主恩重，一身瀟灑羨孤鴻。

## 海芋（二〇一四）

潔白雍容海芋花，孤高直拔不偏斜。
味輕難引蝶蜂愛，兀自亭亭顯秀華。

## 自嘲（二〇一七）

臨老學詩多苦吟，敲辭鍾字費思深。
文章千古無偏徑，取自丹誠一片心。

## 茶（二〇一三）

浮世榮枯原是夢，人生轉瞬便成空。
營營逐逐終無益，何若閒來茶一盅。

## 茶（二〇一七）

斟得精純濾出愁，慢條斯理品溫柔。
清歡有味徐徐啜，竟日餘香才一甌。

## 食粥（二〇二二）

少嘗海味與山珍，淡薄清心又養身。
冬月入腸添暖意，親恩難忘五更晨。

## 憶求學時菜脯蛋便當（二〇一七）

非厭珍饈饕味婪，實鍾萊菔苦中甘。
日嚐不膩丁煎蛋，憶起餘香猶嘴饞。

## 懷親（二〇一六）

幾曾路過杏花村，未到清明亦斷魂。
猶憶別時秋已暮，風吹樹曳雨紛紛。

## 大學同學會（二〇一五）

三十功名俱土塵，青春燃盡老來身。
笑談剪燭西窗事，共許下回猶是人。

## 過富農橋（二〇二二）

迎風畦畛綠波濤，穗穗耕夫不憚勞。
我輩何功霑一飽，輕車方過富農橋。

## 橋（二〇一五）

隨爾行來隨爾跨，不教咫尺作天涯。
能容善惡賢愚客，且任湍流抑淺沙。

## 憶南門河（二〇一五）

南門河畔昔繁華，熙攘往來多店家。
十里春風楊柳岸，擣衣聲裏夕陽斜。

按：南門河於一九八〇年代末期加蓋

## 觀海（二〇一七）

曉日晴風卷碧羅，欲將惆悵付滄波。
洶洶似笑人間事，更迭千年只一俄。

## 荷（二〇一四）

偶見一荷形影孤，嬌紅秀麗寄泥污。
誰言山野芬芳少？兀自亭亭傍古湖。

## 荷　其二（二〇一四）

嬌紅潔白一池香，六月芙蓉爭艷芳。
翠綠無邊鋪底色，金黃葉隙染斜陽。

## 初夏（二〇一四）

輕雷急雨洗春底，凋盡殘紅綠水溪。
息息薰風初暖意，蛙聲起落滿田畦。

## 詠柳（二〇一四）

絲裙裊裊舞三春，一夜東風綠染身。
水漾清波添倩影，幽姿獨具出風塵。

## 臘月迎春（二〇一五）

櫻開臘月綴長空，雪點蒼山顯峻崇。
冬抱餘寒猶戀戀，鳥啼陣陣喚春紅。

**惜春**（二〇一九）

天與四時疑不公，寒株禿盡暖株紅。
纔迎春到枝新茂，少待暑來花又空。

**春風**（二〇一四）

美景何須巧繪工，東君一夕百花紅。
碧波灩瀲湖光好，遠近蟲吟滿夜空。

**落花**（二〇一七）

一季風光終有涯，落紅滿地不勝嗟。
悵然豈只憐芳意，猶抱春心惜落花。

## 丁酉春分（二〇一七）

開春多雨冷淒清，難得熙光一日晴。
莫負良辰尋好景，明朝鋒面又迴縈。

## 暮春（二〇一八）

尋紅踏翠不嫌頻，為惜枝頭幾點春。
感最芳華終是墜，賞花幾個百年人？

## 秋色（二〇一四）

綠水悠悠樹影長，秋風似劍瘦枝傷。
林邊已染楓紅色，更有村東野菊黃。

## 秋水（二〇一四）

流水涓涓彎幾重，行鄉走谷過高峰。
浮生萬事漂如夢，回首雲山秋已濃。

## 迎同學來訪宜蘭（二〇二二）

一夜狂號晨忽霽，春霖似亦知情義。
相逢猶若課堂時，四載同窗終世誼。

## 散步遇露宿街友（二〇二二）

孤鴻落照遠囂塵，明月清風作比鄰。
何必勞形苦翻轉，一衾已足蔽吾身。

## 登高——行至虎字碑（二〇一八）

敢賒虎魄鎮風囂，峰頂雲關景色饒。
東海目窮寬且遠，欲瞻碧落上扶搖。

## 秋實師友蒞宜茶敘剪影（二〇二一）

相逢猶記舊篇章，千載詩魂源宋唐。
清景怡然超物外，詞家情味勝春光。

## 歡迎秋實師友蒞訪（二〇二一）

文采風流近可攀，四方雅客會宜蘭。
怡然居裏霞光燦，滿座詩豪眼界寬。

## 望月（二〇二一）

悠悠遙夜過千峰，萬里情懷今古同。
總是招人託圓夢，鈎愁多在一彎弓。

## 聞漢清兄云西瓜農豐收（二〇二〇）

一睹豐酬血本掏，巡看日日不辭勞。
謝天雨少將勤報，粒粒堆來丘樣高。

## 看奧運舉重郭婞存奪金（二〇二一）

驚世高擎渾若輕，艱辛休道只天成。
英雄豈只輸贏論，一粲嫣然孰與爭。

## 看奧運羽球戴資穎奪銀（二〇二一）

早知丰采素推尊，舉拍真能喚國魂。
絕藝翩然開我眼，金銀高下已無分。

## 電影觀後——「海角七號」（二〇一四）

天涯去此有多遙？海角纏綿夢未凋。
盼到紅顏春已老，信差猶在路迢迢。

## 電影觀後——「辛德勒名單」（二〇一四）

六合明夷似火融，天良喪盡命如蟲。
豈無為善留遺種？驚見孤星輝夜空。

## 海誓（二〇一四）

洋底生靈億萬殊，古來水陸各分途。
不渝真愛何須誓，更莫輕言說海枯。

## 同學相聚（二〇一九）

冬來多雨北風寒，欣見同窗來問安。
四季炎涼原有序，一生造化本無端。
暫停塵世百千事，聊備素餚三五盤。
難得今逢旋欲別，各人相與勸加餐。

按：於漢清兄店中

## 戊戌夏月往訪蘇溫光大哥（二〇一八）

雷公埤下寄吟身，詩到醉時情最真。
地闊幽廬居雅士，路長輕騎訪高人。
門前車少無烟瘴，厝內書多遠市塵。
敢問村郊寂寥否？一園新綠不勝春。

## 食粥（二〇二一）

土灶薪柴慢火熬，鍋開暖過幾千朝。
顆顆糜爛成柔態，片片浮沉似白瑤。
時伴醃瓜加腐乳，偶添鹹蛋與油條。
回頭方覺光陰促，長憶愛中滋味饒。

## 夜坐（二〇一八）

窗影孤燈兩鬢絲，酸寒自笑漸成癡。
依然長巷深居處，正是殘紅紛落時。
感念天恩資萬物，慶欣世路有親慈。
原知人老乏才智，竟夜思尋為一詩。

## 仲夏夜（二〇一四）

夏午炎炎日在天，陰霾近晚雨漣漣。
新蟬初咽園中樹，倦鳥晚歸檐下緣。
獨自一方聽夜景，乾坤浩瀚賞無邊。
豈無煩擾塵間事，心靜清涼正好眠。

## 冬日偶晴暖公園晨行（二〇一七）

連旬烟雨乍翻晴，舒爽晨風布履輕。
路見枝頭偶垂淚，雲塗鮮彩更牽情。
羽松高聳葉疏少，步道蕩然人冷清。
休問明朝天好否，從容時躍復時行。

## 伴母太魯閣九曲洞憶遊（二〇一九）

半窟奇巖半壑丘，洞中天地眩雙眸。
直行紆崛涼風起，俯瞰疾湍溪水流。
我輩探幽稱興盡，前人啟路載書謳。
韶光過眼如馳電，舊影重溫憶舊遊。

## 山頂會館敬會秋實諸詩家師友（二〇一八）

雲陰風偃雨方收，秀媚小坡山頂樓。
珍饌易尋金可買，雅朋難得味相投。
遠郊能隔車喧鬧，幽境還催客詠謳。
一席盡皆塵外語，同於此處瀉千愁。

## 敬和一善社長「筆花」詩（二〇二一）

近歲時驚生有涯，十年難練筆端花。
恨成一字忘昏曉，每坐三更對月華。
右絀左支猶俗手，意奇句雅羡詩家。
何來藥石去思障，諸友託相尋訪查。

## 傷痊記（二〇一八）

老去形銷力漸殘，況逢筋骨痛連酸。
自嘲高臥三生幸，誰解身移寸步難。
四處喧騰欣節慶，一心祈願望平安。
痊磨自是不勝感，留取謙卑回首看。

## 輕雨野遊（二〇一九）

雲陰漠漠雨瀟瀟，承仰高遮國道橋。
南北路通連一線，濕乾地染作雙條。
偶逢野犬逐車吠，時見飛禽橫頂飆。
半日浮生避囂客，老來猶嚮碧山遙。

## 香格里拉步道（二〇二〇）

老來氣力不如前，只有精神似往年。
滿地濃陰登曲徑，一亭半道避炎天。
猴群出沒偶能見，樹簇高低成曼延。
亦畏陡坡多喘汗，景幽還是愛留連。

## 丁酉秋日雜感（二〇一七）

草木蕭條魂黯傷，湖山煙影寄蒼茫。
一泓涵碧心如水，千里浮雲鬢已霜。
日起東天橫焰赤，夢餘殘照掩昏黃。
紅塵回首不堪看，最是人間秋夜涼。

## 贈友——爲慰股海所苦（二〇一六）

人生何苦逐多空，算盡機關猶嘆窮。
耕穡常須及時雨，行舟豈賴一場風。
徒嗟每遇群山綠，無奈難尋滿地紅。
萬幸老根枯未盡，回頭冰雪待春融。

## 時事——陳時中國會受責（二〇二一）

蓬萊仰仗若春陽，雜樹喧喧鴉一方。
百姓保全銘惠愛，三人成虎哮忠良。
病原多變醫能癒，虺蜮無情噬更傷。
舉世欽尊公道在，疫防此去路猶長。

## 秋（二〇一四）

深秋寒露重，竟夜起涼風。
驟雨時時有，欒花樹上紅。

## 冬景（二〇一九）

風高落葉乾，日薄暮雲寒。
最是不眠夜，雨號悲歲殘。

## 丁酉歲暮感懷（二〇一七）

歲盡渾如夢，寒來厲似刀。
最愁連夜雨，淒切枕邊號。

## 春風（二〇一八）

一路化寒蕪，融融萬象蘇。
澤滋芽遍吐，柔引鳥爭呼。
許託攜花籽，招搖弄柳湖。
夜來休探戶，好夢易驚無。

## 入冬季雨（二〇一七）

每從東北入，瀝瀝洗庭柯。
烟影彌天闊，霜風入夜多。
舍中姑潛隱，燈下偶吟哦。
敢問何時止，一波連一波。

## 記王牧師娘等人來探訪家母（二〇一八）

世態人情薄，感神恩典深。
天涼冬漸浸，陽煦客光臨。
寒暖勞關問，兒歌相祝吟。
欣然行愛訓，共勉守初心。

## 雨霽晨行（二〇一七）

昨宵風雨定，清景見初晨。
林立街邊樹，疏行路上人。
浮雲千里遠，霽色一番新。
寂夜留餘靜，合抛浮世塵。

## 憶 先君酒敘夜（二〇一七）

一夕十三瓶，友朋非白丁。
盃觴論世事，紅露暢心靈。
趨走相隨侍，笑談聊駐聽。
音聲今宛在，形影寸心銘。

註：記憶中，先父只有兩次在家中飲酒。家母因擔心先父過量，銘記瓶數，數十載猶難忘。

紅露：紅露酒。

趨走：我往來廚房席間。

## 秋懷（二〇一九）

老去風情少，天涼愁轉多。
庭柯漸蕭索，季雨每滂沱。
旅雁排空過，寒蟬入夜歌。
雲階皎皎月，聊藉慰蹉跎。

## 丁酉立冬有感（二〇一七）

朝陽方送暖，入夜復陰沈。
老去江湖遠，冬來雨水深。
風霜添雪鬢，歲月死春心。
若問惶惶故，愁端不可尋。

## 蟄居（二〇二一）

疫防家戶閉，何可以爲娛？
扮匪時蒙面，倣醫勤洗膚。
書茶一應備，曲樂豈能無。
平板乾坤大，任遊渾不孤。

## 憶「御品蓮」餐廳（二〇一七）

蓮冰遐邇聞，館闊遠囂塵。
餚色多清淡，店東誠可親。
悠談忘世事，盡興敘天倫。
歷歷猶如昨，怡懷憶似新。

按：已結束經營的「御品蓮」餐廳，昔為與親友常聚會之處。

## 長相思　清明（二〇一七）

山蒼蒼，路蒼蒼，時到清明草木長。村邊野徑荒。
天茫茫，地茫茫，莫道寬懷休慼傷。別離真斷腸。

## 浣溪沙　清明謁墳（二〇一九）

側徑蜿蜒一路尋，崎嶇撥草履痕深，野鳩啼作斷腸吟。
舉目纍纍俱塚影，繞身處處漫沉陰，死生契闊愴人心。

## 浪淘沙　志難酬（二〇一五）

嘆志未能酬，暗恨難休。韶光飛逝不稍留。
煙雨柳絲輕拂岸，雲籠江頭。
獨自上高樓，多少閒愁。此生半百已東流。
眺望遠行帆點點，綠水悠悠。

## 清平樂　客途（二〇一四）

淒清如許，寥寞南城暮。
遠近秋蟬鳴不住，更引離思愁緒。
芭蕉枕際蕭蕭，夢歸千里迢迢。
世上幾番風雨，人間一隅魂銷。

按：寫中秋前公差又遇颱風過境的那幾個旅次夜晚。

## 踏莎行　月夜（二〇一四）

天際長河，玉盤明鏡，金波映處花留影。
曾相月下幾多回，那堪孤館空憐景。
庭院深沉，小園幽靜，風來更感淒清冷。
寒光一夜照無眠，倚窗望斷山千嶺。

## 南歌子　春晨之海（二〇一四）

夜露唏噓後，春陽乍露情。
曉初輕騎海邊行，鳥語花香沿路，野風輕。
遠極初昇日，東天映水紅。
來來去去浪濤鳴，今古英雄淘盡，不稍停。

## 《詩人小記》

洪增得，生長於宜蘭羅東，任職於於台灣中油公司，近年退休。習詩後另號「靜竹」，因愛竹且與本名台語諧音故也。

高中畢業負笈北上時期，開始喜歡古典詩詞，退休前亦曾參加社區大學 謝元寶老師的文學班，課程中有不少古典詩詞賞析，受益良多。

二〇一三年偶因一茶商好友請託提供茶詩一首，遂開始了詩詞創作學習。

二〇一四年適網路詩詞社團兩度徵詩活動均僥倖入選，受到鼓勵，也因此結識當時的評審恩師：一善兄與浮生老師。

二〇一七年秋承一善社長相邀加入秋實詩社，入社後驚覺，秋實除本人為習詩菜鳥外，個個都是詩界儁秀。而在社長栽培督促下，時有課題創作學習，數年來若在詩詞創作上或有小小領悟的話，皆秋實諸師友不吝提攜賜教之功也。

# 浮生雜詠

一江顛頓有時窮，
停櫂不留沾水風。
天末晚雲回眼看，
柳陰猶駐夕陽紅。

賴南海

## 子夜

星華迸雨九天開，微冷春風斷續來。
暗禱諸神共呵護，一苗民望寸心栽。

## 黃昏遙想

萬畝雲霞烈火燒，一方滄海自騰搖。
金陽欲下挪輕舸，催趁餘暉耕晚潮。

## 不服老

鬢霜爭詠白頭吟，胸壑總懷年少心。
十里曉風吹夜遠，朝陽一喊便相臨。

## 落花

懷納幾朝荀令香，滿庭誇襯碧空長。
無端眼亂迷秋色，取次凋零葬八荒。

## 后里鬱金香花海

遠來飛播豔根苗，紅紫白黃千樣嬌。
莫道佳人惹酩酊，濃醺只合怨杯瓢。

## 晴讀

春老不留容豔初，晚秋風味入庭除。
碧空租給閒雲種，賺把晴光好讀書。

## 詩海舟泛

等閒舟楫寸心豪，昂挺片帆三尺高。
詩海一方雲水靜，不愁波起濺衣袍。

## 鞦韆

騰風欲探九重霄，眼測仙都半尺遙。
可待飛身蹴雲朵，終愁利索綰雙腰。

## 染髮

暖朝清水映紅頰，寒暮野風吹白頭。
詩墨有餘堪掩鬢，不容明鏡早窺秋。

## 鐘

晨光抹剩幾分釐，老去還遭暮色欺。
年壽短長天左右，不勞君手暗推移。

## 月兔

千年杵臼藥難成，忍聽寒宮飲泣聲。
月裡相思解無計，紅塵夜半有鴛盟。

## 春

山山遠望碧千重，燕燕歸尋柳葉蹤。
處處平蕪芳草綠，遲遲不染鬢霜濃。

## 螢

晴夜執燈山水遊，未逢良耦不甘休。
餘生但得誰相倚，兩點微光到白頭。

## 牛

中秋不忍笑嫦娥，七月離懷苦尚多。
來歲鵲橋先踏毀，莫教啼淚漲星河。

## 牛郎

山色漸昏辭野岡，七星雲外冷空長。
天衣縱說恆輕暖，未抵心頭一尺霜。

## 織女

獨梭機杼守情濃，秋後鵲橋無影蹤。
寧謫世間留野舍，緊牽郎袖一生從。

## 皇帝

九重宮闕半遮天，逾百朝官守殿前。
萬歲聲隨晚風滅，廢城荒塚月籠煙。

## 化外

山擁白雲天半晴，草花眉目四時清。
自來郊野好親睦，風起不朝鄉外行。

## 閒

碧雲青靄潤山顏，倦馬優游水木間。
敢問江湖名利客，囊金換得幾分閒。

## 村家

村陌土香宜傍家，穩居何必仗奢華？
石祟傾盡滿倉玉，難抵竹棚三寸瓜。

## 吊橋

萬仞雲峰矗九天，大河橫阻不堪前。
飛梁一展凌空臂，邀得幽人訪洞天。

## 問菩薩

木魚頻叩乞膚功，只恨靈臺雪不融。
孤筏連朝渡南海，觀音不在竹林中。

## 柳絮

千朵楊花舞不休，半隨風去半隨流。
莫言飛絮誰管領，零落豈因逢冷秋。

## 悲狐

千載洞天無俗塵，幾章盟約信為真。
喜房燈外獨垂淚，不忍嗚哀驚故人。

## 蓮潭夜

蓮潭擁樹幄清陰，十畝荷風一味吟。
生恐暗香人竊取，特留龍虎鎮波心。

## 富

百座囷倉四野田，樓高直可破雲天。
牙床五丈傲空闊，獨恨買無三尺眠。

## 乾燥花

疇昔承君仔細栽，不甘春老受塵埋。
香消未減舊容色，且莫芳齡胡亂猜。

## 老伴

一對疇年喜燭光，幾番明滅到秋涼。
冬來共賞騰天雪，往日婚盟尚自香。

## 扇

低昂耳畔鬢生風，俛仰爐邊炭火紅。
拂卻煙塵三尺外，炎涼並納動搖中。

## 瞞老

一寸光陰一寸侵，斜陽欲下枉追尋。
何如暗揀白絲染，騙取隔年春日吟。

## 悟空

一奪老君熬煉丹，縱橫忘卻九霄寒。
龍王懇乞些時靖，玉帝商求幾日安。
苦受黃塵赴邊場，空馱白紙奉金鑾。
廟廊多少不勞者，已著紫袍先戴冠。

## 寒宵

燈昏眼色半糊塗，漸老浮生解譯殊。
澹泊心懷注盈滿，紛爭口沫拭餘無。
評詩縱取千枚玉，掩卷聊吟一串珠。
腰弱不須愁冷夜，熱茶煙裊尚堪扶。

## 夜題

紅日漸低山野藏，繡袍揮出錦雲光。
樓高不礙蟲鳴耳，夜遠頻呼月入房。
墨瀋氤氳住塵色，茶煙起伏盪書香。
熬詩手熱一如舊，暖熨仲春三尺涼。

## 夜讀

雲占小村天色涼，凍風寒減日頭光。
通城疾闖車千輛，獨我閒窺路幾行。
夢短無仙留綵筆，燈微有字匿華章。
惺忪仗得濃茶醒，一夜勾沉到晚唐。

## 無爲草堂

日忘秋來款夏長，行人甩汗欲成湯。
潛魚暗擾晴川碧，駐鳥高吟畫閣涼。
綠樹俯身搖客影，徐風拂扇助茶香。
勞生偶得閒無事，遠近知音沐草堂。

## 自惕

濁世風霾泛小舟，陰晴迭替兩無愁。
日光鋪水漫旋舵，雲色障天輕轉頭。
慵與蛟龍爭闊浪，且憑霜露識涼秋。
江潯擁夢一宵穩，不羨人間燈幾樓。

## 不夜城

秋辭暖晝入煙塵，楚館瓊筵一派春。
反覆歌吟亂心念，來回舞踏惑精神。
嬌容眼下難為實，誓語唇間豈作真？
唐費自家風月好，不曾行遠度痴人。

## 寺廟

高擁白雲千仞山，四方廊廡百斑斕。
清池廣袤荷爭出，白壁巋巍樹苦攀。
風起燭香流市井，日斜鐘響叩荒巒。
逢人空詡納貧富，不潤福田催早還。

## 婦

琴瑟韻隨花影窮，荒庭冷月盪簾風。
孤衾有計凍魂魄，熱淚無端侵眼瞳。
剪斷鴛盟三尺約，燒成灶火一生功。
韶華細捻入針黹，繡出子孫家業紅。

## 嫦娥

妝凝豔色晚雲邊，不擾西風寸許眠。
素履度樓花作影，白裙沾地草浮煙。
三更榻冷應無夢，萬尺宮寒豈有緣。
露濕珠簾燈火滅，秋圍宇宙一牆天。

## 日

傲誇欺眼一枚章，催派赤空千里長。
雪斷春庭嗔草綠，秋臨野徑遏楓香。
烹雲獨許周身燥，炙土慵賒半截涼。
苦盼高人乞豪雨，炎威盡遣入鄰鄉。

## 月

欲別河津照柳花，終隨渡客旅天涯。
浮江泊夢煙凝水，涉海顛魂浪拍沙。
遠適重山異鄉地，猶懷一盞故居茶。
何當洗褪風塵色，挽得征人盡返家。

## 無常

半畝花勻數尺香，頻邀蝶衍嫩春長。
年初細染眼眉色，歲末驟除脂粉妝。
欲捨殘衣送塵土，偏遭疾雨付滄浪。
搖江月影一宵看，引下滿天零落霜。

## 南投春陽《野百合溫泉會館》藏頭詩

野川騰浪滌塵胸，百畝春光勝酒濃。
合嶺風涼收熱汗，溫暉樹暖落寒淞。
泉生遍潤行人色，會飲半醺高士容。
館外鳴禽不相遠，好留山客駐遊蹤。

## 風

臨春鶯競囀，訪夏柳辭眠。
步緩草搏露，身輕花釀煙。
江南詠明月，漠北嘯吟鞭。
自在行千里，孤淒誰一憐。

## 梅

寒歲與君逢，四方無蝶蹤。
暗香懷靜定，疏影展從容。
高立千尋嶺，長偎百丈松。
春風早沾取，不仗粉妝濃。

## 春山遊（全平五律）

青崖前宵涼，今朝分晨光。
嬌禽貪微風，澄波鍾晴陽。
林陰煙低回，天寬雲高翔。
群花知人來，爭誇襟懷香。

## 步月　中秋月

藉地煙迴，觸雲樓起，碧甍青瓦橫霜。
落花深院，春色瘞宮牆。
錦綢褥、空搖燭影，彩鳳枕、偏染沉香。
丁丁斧、殷勤鑿桂，敲夢度秋涼。

天央，移繡履，巧重出冷殿，高蹈茫洋。
不曾分褪，千古豔容妝。
趁今夜、人間作玉，過五更、明晦無妨。
濃情久，爭憑眼外一枚光。

## 滿庭芳　秋懷

蘆葦蕭森，芰荷零落，晚來茶注瓷甌。
望中平楚，黃翠半摻留。
歸雀林中鼓譟，等閒事、爭執難休。
霞光老、懵騰欲沒，別緒惹衣裘。

塵收。村舍靜，東山月出，徐步清遊。
寄二分容色，遙遞揚州。
拈字挑篇嫁娶，任床榻、冷淡衾裯。
西風緊、寒聲簌簌，吹亂八方秋。

## 紫玉簫 織女

機杼藏梭，衣裙平褶，嫩秋初引霜風。
菱花對坐，抹去年脂粉，聊掩衰容。
的的星子，張水闊、促浪洶洶。
勞烏鵲、雲端架橋，好與郎從。

姮娥獨耐孤孑，雖半缺、冰輪尚輾西東。
騷人性怪，立寒天、偏頌一夕歡濃。
世間夫婦，齊寤寐、笑淚相通。
緣何羨、更柝五敲，隔歲來逢。

## 紫玉簫　牛郎

空枕懷寒，孤衾辭夢，亂星飛播濃霜。
紛來喜鵲，又搭橋河漢，嘈鬧奔忙。
欲出塵外，生怕見、淚浣紅妝。
偏誰問、沉吟萬端，底事倉皇？

乾坤迴隔雲壤，從未許、村夫客籍仙鄉。
瓊樓住慣，恐天人、難恰窄屋頹牆。
驟逢輕別，徒換得、整歲思量。
寧依舊、明曉跨牛，獨上高岡。

## 五福降中天　老有所感

鬢眉沾秋色，背脊次第龍鍾。
年少舊途程，跬步難從。
疇昔繁花照眼，此際殘香逐風。
冷日寒天，暮雲萬里度征鴻。

詩箋薄脆，載不得、豪名大功。
莫若酒盈千斝，抵敵霜濃。
懷醺訪夢，好並與披簑釣翁。
一舸浮沉，共看煙月兩濛濛。

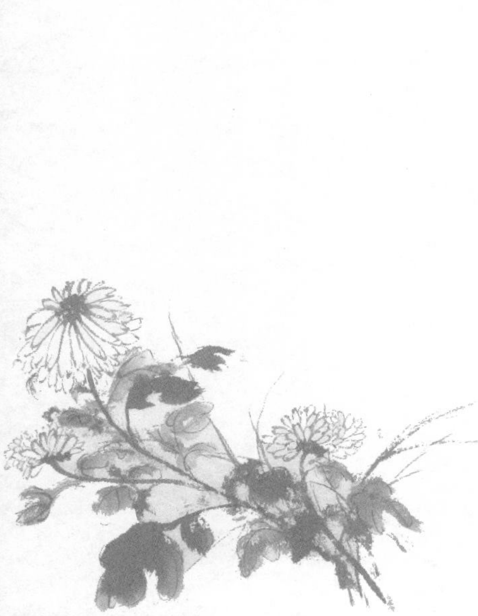

## 晝錦堂　端陽——悼屈原

烈日驕行，炎風亂颭，恣放無際炎光。
百姓門懸蒲艾，酒萃雄黃。
念一色丹衷赤血，孤身拚死守家邦。
終歸是國土顛沉，空熬火熱肝腸。

湯湯。奔浪疾，鳴鼓驟，汨羅改渡舟航。
恰許飛旗過眼，粽米分香。
濯纓滌足隨人意，庸憑漁父代推詳。
英魂沒、煙繞敗宮頹柱，雨釀徽霜。

## 白雪　中秋遐思

霜寒夜永，秋萬里，人間刻漏匆匆。
遙想舊時，驕陽十出，多憑射箭英雄。幾回弓。
九輪墜、草木蓬茸。
怨佳麗、暗偷靈藥，獨入碧雲中。

千載濟楚豔妝，腰身七寸恰纖穠。
蹀躞桂香庭院，烏鬢拂金風。
留后羿、北邙魂老，淚眼問孤鴻。
一方明鏡，無言遍照西東。

## 雪梅香　冥

暗雲散、姮娥躡履過天央。
正千家眠熟，漸消枕簟初涼。
離魂盪騰醒孤塚，悄行遊、不破秋霜。
入村陌、百犬驚嘷，觸惹愁腸。

紅妝。化灰燼，白甕收存，寶塔深藏。
手澤無他，但餘粉盒殘香。
捨卻山盟九泉下，忘川邊、已絕思量。
陰風起，亂草飄搖，明滅磷光。

## 于飛樂　怨尤

斥蝶偷香，怪花離梗颸颸，行蹤到處沾留。
雁聲高，燈影弱，罪在寒秋。
故人輕別，準擬是、江拐船遊。

跌宕塵埃，浮塵煙靄，無風早自該休。
一窗明，千戶靜，誰釣閒愁。
思量幾度，遠相指、眉月垂鈎。

## 東風齊著力　夜讀禪詩

紅日頹唐，斜暉籬院，樹暗花蔫。
嚶嚀燕子、啄破耳根閒。
十里村橫暮靄，微風颭跬步移遷。
西樓外，星河濺露，頻落窗沿。

夢別倚窗邊。詩百首、死生洞燭周全。
世塵一霎，寵辱去來間。
識盡閻浮火熾，心猶困五疊香簾。
三尊佛、終宵不語，哂笑爐煙。

## 厭金杯　新嫁娘

花燭搖紅，香閨掛幔。鬟雲濃，髻螺鬆綰。
粉嬌容色，黛豔柳眉長。羞態轉，不惜簪遺耳畔。
枕簟春光，片時承暖。指婚戒，昵郎相看。
此宵結髮，老去念初心，雙膝軟。風雨攙扶一段。

## 鈿帶長中腔　雲

白霧梭。織煙羅。駕聲名，自在歌。
遠抵寒宮，訪謁素娥。吳剛斧鈍，玉桂猶扆柯。
畫閣外，垂天河。
曉趁鴻叼尺牘，偷紙翻挪。故人字、繫念不多。
音塵一絕，恨無物可馱。徹夜影亙清波。

## 黃鐘樂　雨

盈盈涓滴奉湍流。飛岸群山相阻、津渡叫沙鷗。
顛頓渴貪晴日暖，摶身千仞牧雲遊。
長是天恩容易收。亭午縱橫無際、霞斷冷風囚。
鄉里迢遙空涕泣，不如潮起溯江頭。

## 攤破南鄉子　舟

碇泊自清閒，為底事、催槳爭先？
趁千里滄溟空闊，帆檣飛舉，縱身奔渡，攀浪高懸。
無計一登天，但日暮鐵索應憐。
莫如漁叟邀相望：蘆花弄雪，青山簇岸，流水籠煙。

## 小重山　津渡草

三闋陽關聽柳林。正雲端、雁字寫離襟。
晚歸潮浪撥哀琴。綺霞沒、斜日擁愁心。
船遠渡邊陰。依然橫野岸、自沉吟。
一宵霜露滿身侵。終不見、客櫂返江潯。

## 繫裙腰　老伴

庭中草潤月凝煙。青春好，半遮簾。
鴛鴦枕被一床豔。暖倚雙肩，怪花燭暗窺眠。
老來風勁吹耳鬢。同拄杖，兩相憐。
算蒼顏總宜秋色，俛仰籬邊，紫菊紅葉伴餘年。

## 恨春遲　戰役

慘惻西風鳴日暮。疆場闊，天暗雲低，凍靄罩寒秋。
箭折銀弓斷，獵鷹漫逡遊。
盔鏤刀痕衣霑血，骨疊嶂，抵死恩仇。
且待英魂比翼，千尺淩空，無言飛渡江流。

## 翻香令　暑

炎雲蒸日楚天燒，落花墮水捲奔潮。
泥漿汗，無聊賴，遍體淋，摺扇枉操勞。
碧陰蟬醒亂嘶呶，滿城街弄暑煙高。
待雷擊，星河破，夢魂飛，天水溢千瓢。

## 春光好　別情

飛霜勁，夢魂捐，換無眠。
斜月行遊雲霧間，一時圓。
翠釀雙甌，冷對紅繩半截長閒。
唯有舊盟誇小字，墨痕鮮。

## 少年遊　秋夕

炎光燒盡翠華嬈，漸次楚天高。
西風歸晚，碧梧約駐，霜葉耿相邀。
漫簪黃菊聊遮鬢，扶醉下虹橋。
皓月橫江，銀河垂岸，一夜任舟搖。

## 柳梢青

松蘿茅屋，藤花籬落，兩三修竹。
叢碧搖風，暖薰時節，綠盈窗幅。
晚來雨薄煙疏，曲水畔、空懷幽獨。
翠節將老，故人影遠，舊盟誰贖？

## 浪淘沙令　憶少年

清夜入瓊筵，冠帶妍鮮。敞襟揮袖漫撩弦。
陳釀三盅豪飲罷，醉臥欞軒。
人老怯流年，獨立花間。秋風疏冷繞庭前。
掠眼浮生如一夢，明月中天。

## 喝火令　冬晴

歲暮霜風緊，天陲抹亂霞，瘦林深處暗棲鴉。
倦土不留春色，紅翠付黃沙。
一夜瀟瀟雨，新枝吐嫩芽，漫隨晴日訪村家。
嗅取梅香、遙憶少年華。借得冷爐寒竈，敲火沸春茶。

## 鷓鴣天　涼秋

一段雄雲過午天，斜暉捆縛到庭前。
春光欲救繩難解，冷眼黃花笑竹邊。
風乍起，雨簾纖，燈蛾舐火亂周旋。
西窗已設寒秋簟，分付孤翁早入眠。

## 春光好　項羽

狼煙滅，雨濛鬆，止兵戎。
聊整兜鍪引箭弓，射霓虹。
暫扮投荒草寇，依然拔鼎英雄。
可惜乏人詎項羽，赴江東。

## 醉花陰　老來戲題

雪染青絲添白首，兩鬢灰雲湊。
遲暮訪秋山，草霧花煙、無力霑懷袖。
幾壺釅酒中宵後，不敵西風透。
問鏡底蒼顏：肯捨詩吟，改誦回春咒？

## 淡黃柳　山雨

頹雲濺瀑。
林野承天沐。
雨霽虹光籠翠竹。
葉動山風簌簌。
群蝶穿花漫相逐。

倚蘿屋。
多情碧喬木。
引華月、入窗幅。
墨痕輕、一夜勞燈燭。
草岸鳴蛙，幾番爭問：何故寒衾獨宿？

# 《詩人小記》

賴南海，字浮生，號竹林居士，排行第六，故鄉花蓮，定居台中。

初識「之無」，就對文學產生濃厚的興趣。惟該時，接觸的文學著作多半仍侷限於現代兒童讀物及歐美的翻譯童話。直到先祖父不經意蒐羅並帶回了唐詩宋詞選集，纔在孩提時代的閒暇日夜中，汲取了這兩個文學世代的營養，開拓了觀照古典的視野。自此一路朝暮習誦，但也只是臨淵羨魚。直到網際網絡盛行，纔因同好的「逗引」開始嘗試詩詞創作。其後，因緣際會，加入了「秋實詩社」，從而在詩友的鼓勵之下，寫出前列數十首覆甕拙作。

# 風塵集

欲賦歸鄉落筆難，每吟花月句猶殘。
一囊情味身將老，半世風塵韻始寬。

林志賢

## 田居足年雜思八首（二〇二二）

### 其一

一覺京華幾夢懸，劍南暮色草山煙。
別時況味聊沉重，歸後情懷喜自然。
客少生慵貪枕上，閒多解悶賦書邊。
爾今無慮春郊遠，不負桃花似舊年。

### 其二

百歲人生是否長，世間無物典時光。
去如彈指空驚乍，來似迷宮尚渺茫。
書劍曾經催壯志，親朋終究剩離傷。
春城又到飛花日，但惜眉前一縷香。

## 其三

荒煙漫處野人家，月自孤高風自斜。
烏髮經霜終欲雪，青春似夢亦如花。
放歌常是當時曲，獨酌無非靜夜茶。
世態云云何看待，他狂他妄只由他。

## 其四

紅塵似夢本匆匆，聽雨年華味不同。
策馬京華猶赤子，停舟鄉野已衰翁。
為夫為父情長繫，吟月吟花興未窮。
縱使財疏心富裕，但求安定莫言功。

### 其五

涼宵一夢又天明，老愛偏鄉空氣清。
隨興林前觀鳥事，何妨風口悟蟬鳴。
金風未至花先落，白露方沾草漫生。
人事變遷焉可逆，唯能自適寄閒情。

### 其六

久別繁囂避短長，落花聲裡動星霜。
茶心已著浮塵子，籬畔新啼紡織娘。
莫念青錢空貼水，當憐丹桂暗凝香。
寒蟬豈止吟秋客，不讓西風獨自涼。

## 其七

莫是淒涼孤老翁，斜陽墜處現霞紅。
閒茶堪沏喧囂外，秋色何妨煙雨中。
聚友不言牛李事，論詩難避宋唐風。
栽成蔬果鄰相贈，夜半無眠可聽蟲。

## 其八

臨老推敲偶欲癡，疏狂意氣已矜持。
看花卻念風中影，望月猶憐潭底姿。
筆拙千修終不滿，情濃一別便相思。
賦梅描竹薰陶久，詩亦家常我亦詩。

## 憶少年台北四首（二〇二〇）

### 其一

傳聞台北滿黃金，絡繹農家向此尋。
未得棲身方寸地，徒懷初犢一顆心。
離鄉不識人情薄，求職終知門檻深。
車站皆眠南部客，青春有夢付浮沉。

### 其二

西門町處聚潮人，不減煙花四季春。
草地初來羞鄙陋，華城久住慣囂塵。
霓虹夜裡開情竇，風雨街頭忘客身。
兒女痴狂如電影，紅樓故事任鋪陳。

## 其三

林森北路列秦樓，誤入花間難罷休。
血氣不辭頻醉酒，少年堪耐幾回眸。
千金揮霍皆估客，暴利紛爭多角頭。
一夢醒來餘落魄，深知此地莫淹留。

## 其四

滿懷憧憬入華城，未了初衷人事更。
迷眼繁華添蟻夢，欺身風雨認鵬程。
三更看劍征夫意，十載飄舟游子情。
百味千嚐不容悔，寒燈濁酒憶平生。

## 自嘲（二〇二二）

風神昔日氣如虹，帥入幾多閨夢中。
牆上空餘頹廢劍，鏡前驚見老衰翁。
紅塵歷罷功名了，故事演完悲喜融。
秋去春來皆感觸，落花飛處苦雕蟲。

## 螢火蟲（二〇一七）

蔓草幢幢月色涼，憐君巡夜照郊荒。
莫臨燈火爭明滅，休與星辰較短長。
萬點浮移驚夢幻，孤零閃爍感微茫。
青春一霎燃燒盡，不悔生平頻放光。

## 辛丑歲末兼寄醉雨

離城何處避塵煙．君卜青山我卜田。
海月偶從花面起，故人長向客心懸。
迎春我省平生志，送歲君多驚世篇。
有約無期嗟疫事，莫非又在紫藤前。

## 乙未夏寄醉雨

里居相隔幾重山？料可飛輪朝夕還。
愧我奔波塵俗裡，羨君飄逸水雲間。
久無破曉同蓮醒，緣是翻書共月閒。
流火西移尚緩緩，論詩或待日闌珊。

## 丙申秋日寄秋實諸友

萬木蕭條指日甦，風光四季入江湖。
別情容易浮閒夜，鄉月何曾棄老夫。
客舍千宵詩可遣，人生百味筆堪濡。
許君一縷纏綿意，酬唱天涯心不孤。

## 辛丑春末宜蘭聚會歸來再寄秋實諸友

記否當初賦落花？塵緣已繫數年華。
殘春送去身同老，雅韻吟成詩可誇。
世味終歸席上酒，人情當似飯餘茶。
十年磨筆渾如劍，砌玉雕龍各一家。

## 近歲書懷（二〇〇八）

落拓平生自笑閒，迷時執著悟時癲。
消磨書墨三更雨，躑躅江湖十里煙。
雲外飛星多少夢，花前流水若千年。
一朝憑酒狂聲唱，莫問心中第幾弦。

## 丙申歲末感懷

短亭未歇復長亭，鴻爪留痕人事更。
一縷梅香風有信，滿懷愁緒歲無情。
功名曾怕鄉親議，成敗何勞世俗評。
依舊江湖頻走馬，唯將得失漸看輕。

## 戊戌歲末回首

（此年遭遇父親、朋友、愛犬離世）

回首不勝離別多，萬分傷痛自消磨。
百辭牌局渾無興，最愛秋朝卻忘歌。
眼下江山頻變換，世間煙雨易蹉跎。
遲遲未作歸鄉賦，一慟寒燈悔奈何。

## 庚子除夕

迎春慣例賦新篇，避疫安居又一年。
似喜還愁辭歲日，淡煙疏雨落花天。
痴狂已付揚州夢，潦倒休吟錦瑟弦。
客路浮沉終有盡，歸舟欲繫濁溪邊。

## 童年老榕樹（二〇一二）

老厝門前大老榕，可還記得舊頑童。
嬉遊樹下光移影，織夢枝頭雲化龍。
欲仿笛音吹捲葉，為驚鄰女捉毛蟲。
蟄蟬出土黃昏後，便有啼音到夢中。

註：龍字借韻不改

## 認老（二〇一七）

一憑血氣逐風塵，拚卻青春老客身。
功過都成配酒話，輕狂需讓少年人。
向來書劍聊能就，未信油鹽調不勻。
賦喜賦悲君莫笑，詩家本色忒天真。

## 微風往事　藏名詩（二〇一四）

桃李飛花不越春，南園蝴蝶別佳辰。
流星之下天真夢，美酒跟前淪落人。
宿慧芳心偏任性，脫韁游子易分神。
隨緣聚散雙無恨，且繫關懷各自新。

## 年初三與永義、鴻章、車輪、阿炮聚餐（二〇一二）

難得平生共舉杯，相知量淺未相催。
荒唐往事言猶趣，燦爛流金逝不回。
歸燕並非新住客，阿姨曾是舊青梅。
兒孫各自成家去，告老歸鄉再作陪。

## 敬次吳忠勇校長壬寅正月初一試筆

花甲初逢第一春，東風出岫煥然新。
嫣紅或許風中看，盛綠何妨雨後巡。
築夢山河知路遠，讀君詩賦認情真。
時聞海峽寒流至，劍客何憂逆境頻。

## 秋風吟（二〇一七）

不使羲和暑燄張，支霜敕露下蒼茫。
吹松更得清高氣，繞菊猶生淡雅香。
偶歇雲頭窺世夢，更消山色動人腸。
問卿何故掀衣角，為客多情送晚涼。

## 遊子　四首選二（二〇一六）

### 其二　征途

錯沽才智好，應可馭飛黃。
射虎弓無力，登臺袖不長。
浮沉知浩瀚，潦倒感炎涼。
家業中年穩，奔波尚未央。

### 其三　添歲

流光如惡獸，分秒噬青春。
屢逐無窮夢，徒勞有限身。
已將蒼髮者，況是倚閭人。
愧疚深宵淚，非因嘆苦辛。

## 邀飲楊維仁（二〇二〇）

邀飲楊夫子，愛他儒雅風。
杯前堪問字，筆下待開蒙。
君醉胸懷壯，我醺愁悶空。
抬頭遙指月，應有不相同。

## 戊戌生辰感懷

愛恨紅塵裡，痴狂一夢中。
滄桑消意氣，歲月老英雄。
風雨尋常在，利名終究空。
餘生遵善孝，悲喜寄雕龍。

## 夜讀舊作（二〇一六）

磨筆殷勤十五載，功夫未見二三分。
深宵檢點平生作，渾覺八成皆可焚。

## 食粥（二〇二〇）

曾經百味歷風塵，逐夢歸來何是真？
碎玉熬成湯底雪，久嚐清淡轉香醇。

## 啖西瓜（二〇一八）

圓融有量肚堪撐，翠玉剖開心亦冰。
我是偏鄉窮老道，拂塵正合趕蒼蠅。

**詠燕**（二〇二〇）

千里歸來細雨斜，追尋春色到民家。
穿花掠柳雙飛宿，又翦人間一歲華。

**詠貓**（二〇一八）

悠悠懶懶度浮生，花草一隅堪寄情。
世道紛爭不如睡，何需擺尾向人迎。

**詠烏龜**（二〇一七）

披甲平生未拜侯，塵心有道自潛修。
枯榮貴賤皆非事，放任他人笑縮頭。

## 庚子生辰感懷

此日徒嗟歲月催，人生願夢本多違。
焉能無憾還無悔，都在行囊共客歸。

## 老花眼（二〇二一）

人生到此轉心明，凡事何須看太清。
欲著眼時方著眼，當忘情處且忘情。

## 思愛犬（二〇二二）

別後茫茫思不禁，近年夢裡更無尋。
落花蝴蝶誰追逐，難忘嬌痴一片心。

## 桃花（二〇一九）

三月桃花一笑真，東風吹得粉腮勻。
飄飄墜地猶含蓄，不似楊花亂撲人。

## 將進酒　四首選二（二〇二〇）

### 其一

量淺從無費酒錢，耽詩卻愛飲中仙。
也曾奢望樽前醉，洗我風塵三十年。

### 其三

興致多元身不孤，胸懷亦可納千壺。
何當一試今宵醉，從此人間添酒徒。

## 讀書燈（二〇一五）

浪子年高志已疏，懶攀高廈喜田廬。
宵燈未滅休猜測，不是相思是讀書。

## 有感（二〇一八）

世道難求一念真，溫情足以慰風塵。
前生料我勤行善，今世何多愛我人。

## 客至（二〇二〇）

（維仁子衡醉雨靜默來訪）

駕馭春風抱酒來，談書論劍二三杯。
別時不作留人語，但問紫藤何日開。

## 白頭偕老（二〇一九）

（某日妻子嘮叨不休怒作）

相扶一世兩心同，儂善持家我放空。
若要餘生更甜蜜，卿如不啞我須聾。

## 老友薛宜芳來訪（二〇二〇）

不下千言舊歲華，聊來人事似煙花。
近年彼此忙何事，愛犬盆栽寒暑茶。

## 寄家鄉好友（二〇二二）

紅塵終究後人嬌，富貴貧窮路一條。
但願全都老不死，歸鄉有伴度無聊。

**見臭水溝石上烏龜抬頭許久未動**（二〇一八）

抬望浮雲羨自由，心在五湖身在溝。
污水棲身強自若，人間不易覓清流。

**看山**（二〇一九）

老骨恐高還懼寒，不堪跋涉入山看。
蒼蒼一片藍參綠，料有枯枝數不完。

**見昔日軍裝照**（二〇二〇）

當年俠氣幾分餘？認老田園作卜居。
說是無聊還未必，只將跨馬換騎驢。

## 丙申冬末遷居　二首選一

最念童年蟬噪聲，此回依舊未離城。
有朝一日蓬窗外，卜得四時蟲鳥鳴。

## 已亥秋末遷居　二首選一

但祈莫再變遷頻，又是生涯一頁新。
此地田園籬下客，親花親犬少親人。

## 沏茶（二〇二一）

天池霜雪潤青芽，文火甘泉沸紫砂。
君問遷來情可好？持杯笑看一園花。

## 送行蘇玉齡（二〇一八）

少小同窗未斷緣，何堪都作一輕煙。
無常人事終難免，偏是必然悲偶然。

## 夢見三妹（二〇一〇）

老眼憐看不老人，我於夢裡妳應真。
我醒昏室迷濛裡，妳去蒼茫何處身。

## 悼三妹（二〇一三）

抱憾今生心未移，清明連日雨絲絲。
百年塵世終須盡，願信重逢尚有期。

## 父親百日（二〇一九）

斷腸徒怨塔中魂，執意長辭怎報恩。
他日相逢若相識，願能相伴續天倫。

## 靜夜思父（二〇二〇）

客舍今宵風已寒，鏡中邋遢不堪看。
而今放縱誰來管，治我之人再現難。

## 清明夜佇思父（二〇二二）

一片渾暝徒望空，街燈照處更濛濛。
昔人此刻魂何在，花落又於風雨中。

## 鷓鴣天　秋日有感（二〇一五）

歲月欺身奈若何，客樓秋色任婆娑。
已匀紅葉知春遠，未報黃雞苦夢多。
陳情表，大風歌，千絲一念費吟哦。
長年蘊藉庸庸過，莫把明朝擬太苛。

## 少年遊（二〇二〇）

雞窗徹夜一燈明，春雨悄無聲。
案上詩書，書邊烈酒，聊遣客人情。
扶頭閉目憶平生，何處最飄零。
歌舞婆娑，江湖浪蕩，盡是少年名。

## **菩薩蠻　立夏**（二〇二〇）

涼風吹過青青草，無晴無雨閒時好。
擎水一清蓮，危枝眾鳥喧。
烏雲濃不散，犬臥盤松畔。
午後沏茶壺，茶餘幾頁書。

## **菩薩蠻　夏夜**（二〇二二）

薰風乍起辭春色，今宵恰似耽詩客。
弦月出雲斜，清光度帳紗。
蛩聲深夜碎，妻子嗔人睡。
已是二毛翁，何堪待曉風。

## 鳳凰台上憶吹簫　壬寅端午

劃水龍舟，驅魚鑼鼓，逐臣常是忠良。
臨惡歲、徒懷屈子，魂魄何方。
惆悵新冠未息，枉然備、艾草雄黃。
尚無策，瀛洲失守，恣意猖狂。

偶向花前小佇，眉難展，年來便少還鄉。
嘆何況、長憂老小，不耐災殃。
放眼疫苗如許，權宜計、取捨皆傷。
樓台夜，乾坤一片蒼茫。

## 解佩令（二〇二二）

深居閉戶，疫情苛酷。疑是否、人為天怒。
不盡風聲，閒愁裡、星霜暗渡。更欲來、幾番梅雨。
花時股事，近年思緒。偶燈前、商量李杜。
縱有塵心，怨襲人、空無覓處。只毛孩、朝朝暮暮。

## 婆羅門引（二〇二二）

星移月轉，油桐作雪又無痕。尋常獨送晨昏。
正欲修枝剪草，風雨卻來頻。任殘花片片，落葉紛紛。
依然客身。四十載、困紅塵。笑我朝茶夕酒，空酹青春。
一場大夢，誰還怨、揚州薄倖人。天知曉、幾許情真。

# 《詩人小記》

林志賢，字靖然，筆名一善，自號龍潭散仙，詩友戲稱靖王。

一九六二年生，雲林縣北港鎮人，高職肄業。

二〇〇三年始學詩於網路古典詩詞雅集。二〇一七年加入天籟吟社。

此詩集所選詩作，不一定是我比較喜歡的，而是選擇可以表達我真實的人生經歷，還有我的思想情感。

為甚麼是「風塵集」，我生長於一個小農村，十六歲就離鄉北漂。退役後在台北遊蕩了八年餘，三十歲才開始了成家立業之路。但因為從事工程跑工地，依然是飄搖不定東奔西走，時常奔馳於國道。所到過之縣市居處，所搬遷之次數，已經無法計算。

# 醉雨吟草

深知好雨催詩意，不厭樓前點滴頻。

鄭景升

## 讀臺灣地圖史有作四首

### 其一《北港圖》

千載空聞海上山，只應仙境隔塵寰。
秦橋漫指蒼茫外，商路頻探浩渺間。
潮暗生時初邂逅，煙微開處盡孱顏。
形圖幸莫嫌疏簡，聊與世人窺一斑。

### 其二《大員港市鳥瞰圖》

帆影相偎處，海氛初結時。
孤城新入畫，遠色幻如詩。
濤浪鯨爭引，潮流誰得窺。
依稀聞拍岸，響徹湛波湄。

**其三《康熙臺灣輿圖》**

自是千秋一帝王，雄圖但劃海為疆。
新潮不待君先覺，早認蓬萊作故鄉。

**其四《臺灣島清國屬地部》**

分鹿焉知夢，凝圖早有心。
奔鯨波息後，或許鑑浮沉。

## 讀台灣文學作品書後四首

### 其一　葉榮鐘詩集《少奇吟草》

夜雨曾愁誤蝶期，何當日曝又風欺。
香心暗待天光處，鐵筆深憐潮蕩時。
痴絕疑君同我疾，情真觸我是君詩。
茫然掩卷秋聲裡，卻恨雲多見月遲。

### 其二　吳新榮新詩《思想》

別體裁風雅，休誇舊或新。
句中惟認得，血性與天真。

**其三　白先勇小說集《台北人》**

衣冠南渡已，煙雨正傷秋。
來處空遺夢，行囊滿是愁。
聊將新筆觸，極寫舊風流。
一曲消磨了，深情君識不。

**其四　三毛散文集《撒哈拉的故事》**

風月殊堪夢與尋，六弦懷抱幾知音。
相憐自有痴情客，誰解流雲一樣心。

## 二〇二〇東京奧運觀感四首

### 其一　奧運延期

開場獨待射鵰人，卻被風霾耽一春。
幸得東君深有意，偏從雪裡逗精神。

### 其二　疫中開幕

久念群豪逐鹿姿，不言狂雨誤前期。
英雄卻看風雷處，氣骨相撐霜雪時。
論劍峰巔同笑傲，屠龍海上各傳奇。
倚天光射寒雲出，遍許人間一展眉。

**其三　奪牌觀賽**

安知扛鼎重，休說羽毛輕。
過拍球無影，離弓箭有聲。
剛柔研究得，身手鍊磨成。
鞍馬崢嶸路，終須高處鳴。

**其四　桌球教父**

青春揮灑盡，依舊領風騷。
來去終無悔，何曾老寶刀。

## 戊戌重陽次日秋實詩社成立周年宜蘭雅聚後呈與會諸友

狂吟物外偶相投，快語時間忽一周。
籬菊早知秋興味，竹溪遙想晉風流。
山饒古意供題葉，詩只真情入轉喉。
莫笑行杯我偏少，也曾煙月醉揚州。

## 己亥秋末遙寄秋實詩社諸友

何處雲山寄琴釣，秋深燕谷有龍鳴。
斜陽夕照黃金色，晚竹風流碎玉聲。
墮此紅塵堪一笑，知君白首為多情。
來年墨跡須同老，不枉吟邊寒歲盟。

## 辛丑春日秋實詩社宜蘭重聚依韻

縈情一聚憶重陽，再入桃源春正芳。
甕底風流認依舊，吟邊興味剩能狂。
相知只在紅塵外，盛酌猶憐醉墨香。
卻笑酒餘花看罷，閒庭還為論詩忙。

## 倒韻酬人

吟醉深知功不全，耽書只是癖難悛。
已無花樣供詩刺，剩許風情借酒捐。
鏡裡翻然飛鬢雪，月中偶爾曬心田。
春歸去後還應有，一片痴迷未散煙。

## 紅豆車輪餅

雪色烘成月一輪，嫣然溫厚軟綿身。
休嫌淡素深餘味，自有清香不膩人。
惹我相思是紅豆，當年初識正青春。
誰憐到老曾無悔，為爾甜心涉市塵。

## 庚子梅雨聞長江水患

留春不住已傷情，那得傷情更雨聲。
滾滾逐流紅一片，偏偏有夢獨無晴。
殘梅早悟東風惡，好景虛傳天氣清。
目斷滿江奔去水，卻知雄壩只空名。

## 辛丑立春

徒言冬盡又逢春，看是東君也負人。
芳意獨愁隨夢冷，雨聲重惱帶寒頻。
裁開煙色山猶瘦，寫就冰魂骨未真。
卻問胸中誰認得，去年雪裡舊風神。

## 辛丑立夏雜吟

送將春去終無雨，莫是花飛只為晴。
久渴清流憐漸瘦，新愁亂絮遣還生。
霾深未減當時綠，池淺何妨映月明。
卻盼小園梅熟後，一番瀟灑洗塵聲。

## 秋晚薔薇

一朵籬邊獨自紅，空山雨後正秋風。
不容天地無顏色，看我亭亭暮靄中。

## 近冬雜吟兼寄秋實詩社諸友

楓紅已盡人間色，籬菊猶當最後花。
誰道冬寒無雅意，幾枝天韻自橫斜。

## 茶

一把宜興小紫砂，幾回雲外試春芽。
此中甘苦誰知味，凍頂山前曾是家。

## 戊戌歲末

見說梅梢春已報，奈何長夜只瀟瀟。
五湖牽夢空雲水，更覺寒煙似六朝。

## 庭中紫藤將開

雨冷落時方有神，煙消散後已非春。
一言聊寄塵中客，莫忘花兒不待人。

## 夜讀

寂寞千年一般月，潮生潮退幾番風。
浣花溪水東坡竹，都在無言月照中。

## 蘇州紀遊三首

### 其一

玄妙觀前茶水攤，賣花聲裡索評彈。
卻從煙雨樓臺外，認得風流又一般。

### 其二

一亭清氣號滄浪，山水玲瓏風月長。
百八花窗可兜住，白牆烏瓦碧池塘。

### 其三

千年一樣客愁濃，夢裡依稀夜半鐘。
更向姑蘇城外寺，江村橋上弔遺蹤。

## 庚子春疫中偶書三首

### 其一

梅花飛後雪痕殘，見說春來挂眼看。
誰料東風初到處，不添晴暖卻添寒。

### 其二

或許南枝先占春，深知凜氣向來頻。
當風一蕊飄零後，料得東君也失神。

### 其三

滿園春在雨煙中，幾度傷心悵落紅。
好夢覺來應有恨，欺人一貫是東風。

## 台北街頭見杜鵑花盛開（二〇二一）

當時不許亂雲遮，一片柔香剪碎霞。
料峭幾回風雨後，再看誰與鬪芳華。

## 時事雜興（二〇二一）

花落花開看已慣，早知生滅是無常。
如何一到春深處，又被飛花撩斷腸。

## 嘆時局（二〇二一）

雪霜風裡證堅頑，一夕奇香透宇寰。
骨格曾疑人未曉，忽然都説愛台灣。

## 一善兄邀宴有客至詩戲答之

放春聊趁雨雲開，也逐風流入苑來。
到老方知春可惜，主人今日不逃杯。

## 桐廬先生見訪不遇而還有詩二首因次其韻

### 其一

興似乘舟訪戴家，誰曾為我一停車。
春歸路上徘徊處，更舞桐花作雪花。

### 其二

幾曾風雨問前途，不論春深晴有無。
只是憐他煙罩處，亂紅幽綠盡糊塗。

## 賦得池中有睡蓮

不嫌池鏡小，獨愛野情深。
淡薄浮雲意，輕明流水心。
銜霜添潤澤，得月照風襟。
斷續清香在，偏宜伴冷吟。

## 秋懷

春紅才掃盡，秋葉又黃凋。
物色終須讓，光陰真不饒。
明知舊山好，總是白雲遙。
剩有兒時月，還來探寂寥。

## 春雨

破墨傾寒碧，和煙過短籬。
綿綿呵不止，陣陣惹相思。
可待熏晴日，更憐飛落時。
東風歸去後，此意復誰知。

## 夏雨

未共春情歇，卻添秋意來。
乘時任瀟灑，到處挾風雷。
紅暗榴花火，綠傾荷葉杯。
一番清冷味，偏得浣詩裁。

## 螢火

皀幕新焦點，幽光舊劫餘。
獨憐深夜案，曾照古人書。
田里頻飛夢，澗門聊隱居。
上流非所逐，只是戀清渠。

## 庚子初冬

霜風搖落際，夢雨釀寒初。
芳盡剛收拾，愁多未掃除。
何妨蛩斷處，漫檢蠹餘書。
莫為煙雲冷，詩心空悵如。

## 再訪頑園主人

十載緣方結，重來又五春。
清光曾照我，晚色更迷人。
弦語聽還細，情懷看愈真。
芳心輕展處，總是不沾塵。

## 六十回首

點鬢紛飛雪，流年一轉蓬。
偏憐猶本色，不悔是初衷。
氣味深深院，情懷淡淡風。
童心依舊在，曾未與人同。

## 電風扇

重來方入夏，一轉已逢秋。
只似風騷客，低吟復擺頭。

## 浪花　二首選一

搖曳夕陽中，還疑是落紅。
一飛千萬蘂，不必待春風。

## 柳陰獨釣

萬縷縈藍處，一絲涵碧中。
誰知波浪裡，只釣月和風。

## 山居薔薇

須是多情種，不嫌籬落荒。
時而開一朵，聊以慰枯腸。

## 庚子春疫中偶書

殘梅春欲到，嫩柳夢猶新。
一夜江城雨，徒然愁煞人。

## 靜默兄問蓮葉圖有詩否題此以答

田田纒夏色，落落水萍間。
獨泛風和月，誰憐癡與頑。

## 蘇幕遮　有桐花時敬呈雪生詞長

燕才來，春已去。遠翠微微，尚且微微雨。
曾向百花深處渡。詩酒尋常，肯作尋常語。
白沙鷗，青竹浦。一策江湖，自得江湖趣。
但有真情皆好句。不寫桐花，卻看桐花舞。

## 少年遊　夜坐

燈前閒展舊時篇，句裡覓當年。
癡狂些許，疏狂些許，都在字行間。
床頭讀罷依然是，山色悄無言。
星點依稀，月痕依舊，默默伴無眠。

## 浣溪沙

才托芳情趁好風，還將一雨送流紅。春來去也太匆匆。
世事一場春夢裏，煙花三月雨聲中。如何笑我為春慵。

## 菩薩蠻　庚子年葬花詞

無端一夜添寒雨，幾番消得春如許。
天氣未清明，花飛已滿庭。
香紅徒自墜，誰見花心淚。
空說夢堪期，都成塵與泥。

## 滿江紅　寫庚子芒種前一日

蠟燭微光。重靈下、輝然不滅。
三十一、電駒年歲，幾番風雪。
愁緒那堪雲灑淚，痴情何似春迷蝶。
是誰將，新蕊正芬芳，都摧折。

花逐夢，容一瞥。人逐夢，何曾歇。
但潮生萬里，古來相接。
對雨休嗟春去也，天心自有重圓月。
唯此夜，能不羡香江，多豪傑。

## 西江月　夜蓮

山月歸來時候，雨蛙睡去池邊。
輕風吻破綠萍間，一寸芳心初展。
不待逗香蜂蝶，不期凝紫雲煙。
不辭擎露共無眠，玉骨冰姿堪羨。

## 錦纏道

飛雨流煙，不覺已經春半，正泠泠峭風如剪。
是誰曾約山樓見，又恐來時，路被雲遮斷。
對紅薔冷香，紫籐狂蔓，料回眸也應無憾。
卻依稀苔綠牆頭，有去年留下，一把花洋傘。

## 紅林檎近　辛丑仲夏削蘋果時有作

丹實惹唇色，玉花遺雪香。
剖肚自明月，入懷有清光。
來時酸甜暗味，過處每經風霜。
夢裏蝶癲蜂狂，都只是平常。

認得春已盡，雲雨正蒼茫。
迷煙瘴海，愁添多少淒涼。
剩殘紅一片，癡心幾許，向人莫說曾感傷。

## 越調　小桃紅　落花

一從紅紫鬧翻天，春在深深院。
花亂飛時卻誰見，雨風邊。
多情又恐成單戀。
來還似煙，去還如電，不待說隨緣。

## 雙調　沉醉東風　辛丑紫藤花之約依韻

香淡淡浮空紫霞，煙霏霏觸地白紗。
不待故人來，已許春風嫁，竟負了誰心牽掛。
冷雨溫爐一碗茶，切莫說情深是傻。

## 《詩人小記》

鄭景升，一九六二年生。齋號「醉雨小築」，後以「醉雨」為筆名，學詩於「網路古典詩詞雅集」。二〇一八年加入「台北市天籟吟社」。

這裏選輯的是秋實詩社成立迄今，近五年間部分秋實課題、感時、閒詠以及數篇詩獎投稿，聊作學習與成長歷程的記錄。

# 霜毫樓吟稿

回首江湖如逆旅，折腰歲月似濃茶。
餘甘分得愁滋味，萃此滄桑始見家。

劉坤治

## 瓶花二首　其一

前身夢影猶疑遠，後世啼痕堪嘆深。
時飲流霞餐沆瀣，常期清客盼知音。
香寒玉瘦今方見，思入心澄靜可尋。
看取素馨懷野抱，半瓶花露淨朝陰。

## 瓶花二首　其二

露泫清香自解頤，孤根雅操獨能持。
每於零落傷徂歲，何意凄涼憶舊時？
靜看榮枯只如此，淡隨冷暖亦安之。
塵緣盡付瓶中淚，深淺分明漸展眉。

## 辛丑秋日感懷

欲尋世外避秦溪，霧鎖雲埋路轉迷。
急雨漸分新草色，野禽猶戀舊巢泥。
蒼茫晚景詩情老，搖落秋懷別夢題。
辛歲行來將白髮，丑時催曉唱黃雞。

## 秋懷

回首青春何所寄，夜闌撫跡動沉吟。
寒燈昔憶曾行處，白髮今羞試擲金。
葵藿有心難見日，江湖無計念歸林。
秋懷擬繫前塵夢，往事追思載酒尋。

## 農家樂

遯迹農村豈厭貧，閒看庭樹鳥來頻。
舊栽松翠猶存志，新透霞紅誤作春。
遠近溪山皆畫景，浮沉窮達問何人？
端知飯足聊三碗，應恥花迷斷世塵。

## 辛丑中秋後有懷

歲月江湖幾度秋，懸知聚散總無由。
人生飄若風中絮，世路真如海上漚。
彈指光陰渾逆旅，側身天地任虛舟。
晦明圓缺元難定，對景傾杯醉一休。

## 辛丑生辰感懷

年過卌四若寒灰，誰道青春喚得回？
認取去留歸實際，俄驚消息轉空雷。
篋中秋扇蒙塵蔽，客裏暮程逢雨催。
剩有孤懷資短筆，人間萬事付深杯。

## 己亥霜降

時節嚴霜降，江湖歲月侵。
驚飈卷秋蘀，餘響震詩心。
欹枕愁難寐，挑燈坐獨吟。
興懷強排悶，賦詠濯塵襟。

## 自題小像四首

### 其一

蘧廬天地我微塵，一瞬清游夢裡身。
回首光陰情轉切，寄懷詩賦寫吾真。

### 其二

閒時露頂洒松風，袒裼裸裎書海中。
漫學疏狂頻弄筆，忘知老至歲將窮。

### 其三

時撫雄心強自寬，倦遊逆旅任辛酸。
風塵道路行難歇，春漲硯池波起瀾。

### 其四

青春歲月久蹉跎，近日霜根益轉多。
欲展詩家真面目，興來呼酒學高歌。

### 夜讀

數年蹤跡幾滄桑，回首青春盡渺茫。
漫詠杜詩憐我輩，欲窺羲字出何方。
草堂舊隱悲成賦，竹徑群賢感舉觴。
俯仰興懷今昔異，寒燈一盞透書黃。

## 秋日晨起

幽鳥窗前語，衣寒倦啟扉。
秋聲猶隱約，曉色透熹微。
興到終嫌晚，愁來始覺非。
靜中深有味，誰與共忘機？

## 春夜寄懷

露冷霜華重，風悲月色昏。
青春飛電影，黑髮灑雲根。
染翰斑瑕夢，臨池舊落痕。
撫衿空寂寞，誰與共溫存？

## 咖啡酒

露滴咖啡透酒香，寒醅蘊釀甕中藏。
盃深意愜行吟處，墨客高歌共笑狂。

## 食粥

莫嫌淡薄少於味，最是深情火裏傳。
細粒烹來雪花綻，一匙入口薦芳鮮。

## 山花一首時事有感

獨立山前一朵開，遙聞野客隔雲來。
無端風雨摧高樹，清影空林豈自哀。

## 聽潮

天涯為客倦，懷抱向誰開？
濁浪漚起滅，浮生雲去來。
跡從鴻影沒，吟對夢痕裁。
塵海喧如沸，濤聲賦七哀。

第二聯用乙種拗聯法，出句拗對句救。（許清雲《近體詩創作理論》）

## 秋聲

西風笑我意如何？濩落生涯半已過。
坐聽秋聲深自省，愁吟病句實難磨。
前塵影事成流水，旅夢舊游傷逝波。
情極方知空感慨，詩腸酒暖獨高歌。

## 七夕驟雨放晴

屋簷懸溜落驚湍，橫卷秋濤帶峭寒。
織女無言應灑淚，牽牛有愧自翻瀾。
情深已作終年別，夢遠長思一夜安。
銀漢今逢橋鵲影，西風萬里駕青鸞。

## 八月八日巢枝寄吟

樹靜禽聲亂，尋無跡可窺。
誰知風起處，竟是雨多時。
新霽塵埃息，清愁老病思。
啼痕吟復歇，難覓舊巢枝。

## 夜吟四首

### 其一

檢點吾生事，幽懷孰與論。
江湖春夢遠，詩卷夜燈昏。
病久添吟思，愁深寄墨痕。
誰知遲暮意，伏櫪志猶存。

### 其二

身雖鞍馬倦，心羨白鷗閒。
情味經三沐，琴書煉九還。
盡隨憂患裡，都付笑談間。
秋老西風嘯，蕭疏字已班。

其三

蹉跎歲月增，跡與夢難憑。
寂寞悲人境，飄零念友朋。
無功仍抱璞，有志繼傳燈。
獨坐影為伴，吟風硯水澄。

其四

硯水添新漲，寒燈照晚波。
鷗情閒曠蕩，書劍倚嵯峨。
詩骨經霜老，吟魂付墨磨。
百年俱逆旅，掠影雁鴻過。

## 汗珠

雨後暑猶仍，炎威幾不勝。
坐禪三昧悟，遺世四方澄。
身是驅馳客，心為入定僧。
涔涔珠汗湧，清鑒玉壺冰。

## 辛丑端陽

時逢端午至，孰與共清樽？
邈矣離騷客，歸歟招隱魂。
一隅雖有託，百慮亂無根。
憂疫除難盡，人間幾處存。

## 望月

仰看明月幾相同，人去茶涼跡已空。
今夜清光猶是舊，天涯萍寄倦西東。

## 繳稅有感

顧我爭驅勇著鞭，高樓如埂路為田。
莫嫌生意流年苦，只望朝廷減稅錢。

## 步韻醉雨詞長蓮葉

根從泥滓出，身漾碧波間。
自適絕塵染，何嫌傲且頑。

## 小窗書影寄秋四絕

### 其一

天涯歲月徒增感，秋夢無端怨夜長。
啼處詩痕零落盡，仰憑筆墨寫風霜。

### 其二

今夜偶來思往事，啼痕無處不傷神。
懷人天末鱗鴻杳，記夢依稀影未真。

### 其三

自緣我輩本多情，愛殺窗前夜雨聲。
墨海波翻詩欲就，毫端劍氣引長鳴。

## 其四

蘭亭賦詠古今同，獨愛山陰羲獻風。
吟得詩來閒有味，遂成筆落老逾工。

## 詠書法

數載推尋點畫功，毫端逸氣吐長虹。
猶將寶劍騰霜鍔，欲掃輕煤振古風。
落紙雲煙翻墨瀋，臨池歲月慕書雄。
孤燈冷硯依然是，寫到遒時字始工。

## 秋日書懷寄硯五絕

### 其一

硯池波暖墨華香，大隱歸尋去夢長。
雖有幽懷邀我寫，却無詩句賦成章。

### 其二

案上硯蟾思渴吻，磨聲滴露染秋毫。
待成鋒築遊龍健，滿紙淹留漲翠濤。

### 其三

靜對燈檠歲月遷，數年寒硯小窗前。
醒來魂夢應何處，疑是神遊墨海邊。

## 其四

環顧塵寰逆旅中，長懷逸志望無窮。
硯痕尚在思前度，夢逐逝波啼晚風。

## 其五

誰料吟魔來襲夜，賸留觴詠寄詩情。
雲箋無奈秋心駐，惟遣墨兵屯硯城。

## 書後有懷

擊筑狂歌意始真，抽毫欲賦筆方神。
向來天上靈根種，染得人間詩句親。
舊日書遲氣無力，今朝勁發腕逢春。
喜由文藝尋常事，濯我胸懷數斛塵。

## 樂透彩

薄紙短箋懷遠志，流行風氣遍閭閻。
時聞夢裡疑蕉鹿，還見神前問子虛。
著意簽牌聊復爾，隨機選號偶相於。
每周開獎誇榮貴，樂透人生盼所如。

## 撫劍鳴

回首青春今已遠，雪鋒霜匣壯心凋。
曾經劍上龍蛇怒，無復胸中騏驥驕。
餘夢空牽前往事，暮愁疑有晚來潮。
依稀豪語還如昔，猶念彎弓射大雕。

## 詠龜

寧在泥中甘曳尾，好過堂上顯揚名。
閒時野鶴堪為伴，歸處游魚獨有情。
蓮葉扁舟霜月照，石泉綠水晚風清。
祇應愛此從天性，終自身如一芥輕。

## 冬夜書懷寄小草

每每經過台北橋，都見到一小草從橋壁破石生長，冬夜再次開車經過，感其不畏寒風之精神，仍搖曳獨立於逆境之中。

石橋飛蓋處，輕踏九衢塵。
小草托微志，悲風咽素身。
不堪同世濁，寧賦寫情真。
搖曳出新綠，高吟或有鄰。

## 辛丑春末寄秋實諸友步一善詞長韻

緣起新詩寄落花，春泥隱護數年華。
高篇惠我慚追慕，勝事懷人許共誇。
回首江湖如逆旅，折腰歲月似濃茶。
餘甘分得愁滋味，萃此滄桑始見家。

## 春信寄吟

悵望舊遊處，人間餘幾時。
花期猶有待，春信自無私。
緣若明朝盡，情深永夜遲。
物華更代謝，聊以一吟之。

## 獨飲

歲暮天涯遠，幽懷靜處聞。
江湖愁萬緒，詩酒飲三分。
回首來時路，浮踪別後雲。
年華與書老，筆硯起微醺。

## 清明

節過清明春望雨，壟前細撫昔人碑。
只餘故事悲陳跡，聊就遺聲慰所思。
風靜波平花落後，天空地闊燕來時。
獨憐抱影愁為客，世路相逢熟與期。

## 孤挺花

任憑雨打與風吹，身世飄零獨受欺。
終夜霜風添慘淡，一春煙雨漸迷離。
難尋坐客灌新愛，只有清香似舊時。
認取孤芳聊自賞，蕭然猶作傲寒姿。

## 晨起習書

曉露薄寒侵曙色，淡煙疎雨落花天。
難尋塵夢逢春水，自笑生涯付硯田。
靜裡乾坤元似舊，老來情味若無邊。
覺醒詩思歸何處？一盞青燈耿不眠。

## 神龍書法社小聚

神龍小聚今重見，嵌喜心迎續舊章。
十載光陰如露電，墨緣性起少年場。

## 仲春書懷

巒雲橫雨挾風塵，漸老詩懷轉覺貧。
應笑勞生緣一念，見來無事始知春。

## 戲贈怡然居士

性僻由來非是病，只因博學帶經鋤。
怡然自得春秋注，詩酒生涯作隱居。

## 換手機

與君攜手幾多春，偏我絕交慚不仁。
舊約餘期將已盡，終教隨俗入機新。

## 秋實宜蘭聚會

宜蘭雅聚盛飛觴，宴坐高吟興正長。
秋實詩聲吐珠玉，行歌醉裡任清狂。

## 訪醉雨小築步一善詞長韻

紫藤飛絮落詩家，往歲今春信有涯。
鷺社鷗盟難似舊，只緣屏幕數庭花。

## 戲作鮭怨一首

飲饌猶飄泊，長貧未定居。
改名誇是客，彈鋏嘆無魚。
一飽餐何盛，六人行有餘。
諸郎號鮭菜，父母字全除。

## 風城飛絮

風城柳絮欲飛霜，羨殺花枝過短牆。
初未識心那得意，洽才著物有時狂。
此身飄泊歸何處，舊夢凄迷忘故鄉。
道是萍蹤流落久，小樓一角送殘陽。

## 遣懷

料峭輕寒偏迤逗，年華棄我獨蕭森。
江湖有夢詩腸暖，桃李無言蹊徑深。
情和愁纏人痛醉，興隨月擁鼻微吟。
斜行數紙蹉跎甚，猶見墨痕明寸心。

## 寄懷

試將寂寞秋心鑄，撫景無詩轉自慚。
舊雨新愁誰復嘆，長歌短夢記曾諳。
寧辭夜色閒中過，共此孤懷靜裏探。
世亂波紛如聚蟻，偶翻貝葉作書蠶。

## 春思偶成二首　其一

節過清明景已闌，芳菲獨自暗凋殘。
催耕穀雨愁春晚，入幕東風怯夜寒。
有限生涯歸眼底，無邊詩思寄毫端。
落花零落誰知數，盡作香塵蝶夢看。

## 春思偶成二首　其二

捲地風吹醒短夢，漸知春意悵歸還。
殘紅寂寞誰為主，嫩綠扶疏復此間。
看得韶光能有幾，悟來蹤跡總相關。
江湖落拓催詩思，試遣襟懷敢破慳。

## 賦得秦來印章

小石新裁細鑿痕，嬌胚樸斲透雲根。
似含煙翠帶絲縷，疑有霜華鎖夢魂。
紙上洒然忘歲月，毫端行若出乾坤。
畫龍點眼精神現，鈐印泥封法漢門。

法漢：擬漢人印法

## 明河兄惠賜安樂印

十年南北各風塵，鐫鑿陶情石寫真。
碧玉刻成安樂印，朱丹鈐處太和春。
於茲兩字知君意，惠我一枚棲此身。
辭後題詩深得趣，縱橫紙上筆如神。

## 詠鹽

雪色凝霜灑玉塵，熬波出素吐芳津。
當令清味今為美，還許餘香老更醇。
此夕披襟滄海月，經年晞髮太陽春。
天心厚養和羹意，蹈火赴湯稱鼎臣。

## 寄雨

本是冰心種，摩空俯大荒。
煙霄今雨露，天地一滄桑。
情始雲中淚，魂歸月下霜。
人間迢遞事，風雪剖肝腸。

## 浣溪沙　天心鑑

料峭春寒細雨侵，亂雲風蹴乍晴陰。炎涼於此鑑天心。

塵事看渠翻覆手，詩情笑我短長吟。墨磨聲裏響清音。

## 浣溪沙　清明有懷

富貴繁華半是貧，從來苦樂自相因。霎時斷送十分春。

今日鄉情猶故舊，昔年堂貌已翻新。青山綠水卜為鄰。

## 少年遊　夜坐

孤燈憐我夢難成，詩酒濯魂清。
紙上雲煙，筆端風雨，彈鋏向誰鳴？
幾番望遠憑欄久，落寞待天明。
心漾微瀾，一池春水，獨坐數殘更。

## 卜算子　傷春

三月雨傷春，花墮無人處。
風捲殘魂斷續飛，去去誰相護？
五更月辭樓，寒氣沉雲霧。
綠草春泥葬落紅，粉蝶尋無路。

## 《詩人小記》

劉坤治，一九七八年生，臺灣臺北人。筆名靜默，嗜書法，喜寫詩，作品存於《霜毫樓吟稿》。

很高興可以加入秋實詩社這個大家庭，特別感謝諸位師長的諄諄教誨，才開始真正了解習詩應有的態度。而生活上為了柴米油鹽忙碌，還仍保有一片詩心確實不易。希望藉由寫詩的過程，把生活上的酸甜苦辣萃取提煉而昇華於文字之間，為自己的生命留下一點點痕跡。

文化生活叢書・詩文叢集 1301071

# 秋實吟懷——秋實詩社五週年紀念詩集

作　　者　蘇溫光、甄寶玉
洪增得、賴南海
林志賢、鄭景升
劉坤治
主　　編　鄭景升
封面題字　劉坤治
封面繪圖　甄寶玉

發 行 人　林慶彰
總 經 理　梁錦興
總 編 輯　張晏瑞
編 輯 所　萬卷樓圖書(股)公司

發　　行　萬卷樓圖書(股)公司
臺北市羅斯福路二段 41 號 6 樓之 3
電話 (02)23216565
傳真 (02)23218698
電郵 SERVICE@WANJUAN.COM.TW
香港經銷
香港聯合書刊物流有限公司
電話 (852)21502100
傳真 (852)23560735

ISBN 978-986-478-703-6
2022 年 9 月初版一刷
定價：新臺幣 280 元

如何購買本書：
1. 劃撥購書，請透過以下帳號
帳號：15624015
戶名：萬卷樓圖書股份有限公司
2. 轉帳購書，請透過以下帳戶
合作金庫銀行 古亭分行
戶名：萬卷樓圖書股份有限公司
帳號：0877717092596
3. 網路購書，請透過萬卷樓網站
網址 WWW.WANJUAN.COM.TW
大量購書，請直接聯繫，將有專人為您服務。(02)23216565 分機 610

如有缺頁、破損或裝訂錯誤，請寄回更換



**國家圖書館出版品預行編目資料**

秋實吟懷 ：秋實詩社五週年紀念詩集/蘇溫光, 甄寶玉, 洪增得, 賴南海, 林志賢, 鄭景升, 劉坤治等著 ；鄭景升主編. -- 初版. -- 臺北市 ：萬卷樓圖書股份有限公司, 2022.09
面 ；　公分. -- (文化生活叢書. 詩文叢書 ；1301071)
ISBN 978-986-478-703-6(平裝)

863.51　　111010482